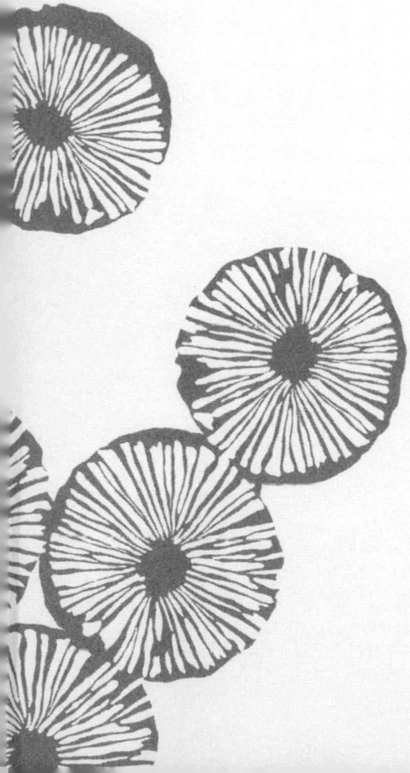

葉有慧

張西 著

suncolor 三采文化

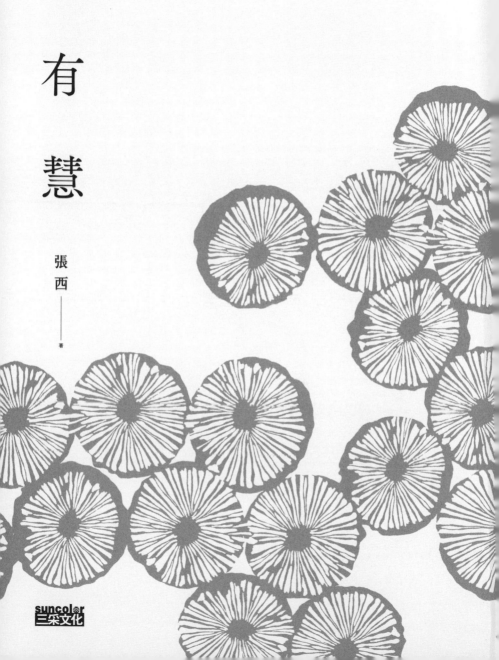

本書獻給我親愛的三個妹妹

有些傷口難以癒合，
是因為裡面有愛。

推薦文

認識張西是在二常公園時，拿起書本一讀便再也沒有離開。那時候在文字裡被一團親切的濃霧包裹住，那種親切並不是和藹的鄰家姊姊對你露出笑容，而是住在你內心的那隻被稱為內在小孩的悲傷和脆弱有了接應，細細得被光滲透。

後來我開始追蹤了張西的 instagram，即使沒有見過面，也深深地喜歡這個寫下所有感覺的女孩。後來，她成了西西。

西西的文字裡記錄著她生命的所有，那些細膩的能量在文字之中滲入觀看的我們，有時候是被洗淨的舒暢，有時候是被深刻理解的溫柔，有時候那些文字會剛好觸碰到我內心的困惑，我試著鼓起勇氣寫訊息給她。明明不是太過熟識，可是她總是認真地思量回覆，那些問題彷彿成了她的貴客，被重視款待著。

有慧也是這樣的。細膩地去感受每個時刻，安安靜靜藏在話語裡的悸動，是那樣的感知帶她來到生命的此刻，也是那樣的感知將帶她前往下一刻，有一天，那樣的感知，會帶她認出愛的模樣，她不再渺小，她得以被自己好好收藏。

在讀《葉有慧》的時候能夠很深刻地閱讀到那些真實，一方面覺得心疼，一方面覺得快樂。能在一件事裡坦誠自己的心意，便能生出勇氣，西西能在文字裡真誠地接住自己，真是太好了。因為我們也在遇見那份真誠的時候，想要誠實做自己。

寫出了這麼多溫柔，謝謝西西。

——演員　姚愛寗

、、、

葉有慧如同仍在決定活什麼樣子的我們，以為從未失去或是從未發生，就沒有需要修正的部分，走著走將自己走成了迷宮，但世上所謂的永遠，指的原來不是未來，而是過去，而我們能決定後續的永遠。

她告訴我：「要記得這輩子能夠陪自己走最遠的人，是自己。」

——演員　温貞菱

、、、

張西常常讓我想起曾見過的礦石們。雖名為礦石，但其實質地各異，罕若鑽石堅硬，有些礦石更是用指甲小刀就能摧毀的脆弱。她讓我覺得是這樣子的人喔。從外觀察就是那樣好像應該堅強的存在，你反而更好奇她的脆弱與追尋，甚至想從她的文字裡，找到能夠毀滅這樣子靈魂的切入點。畢竟摧毀她也等於摧毀相似的自己，現代生活不就在日日考驗自己的能耐嗎？我們都是自虐的。

另一個我覺得我跟張西文字有共感的地方，是音樂。她的文字深受當代流行音樂影響，於是又輕盈、又沉重、又淡然、又深邃。常常看她文字的時候有種似曾相識的感受，就像是自己在歌詞創作時的鋪排，那鋪排充滿自主性，完成時回頭再望，卻是滿滿的宿命感。

——作詞人　葛大為

目次 Contents

01

奶油與邀請卡

你覺得
我要去參加我爸的婚禮嗎？

初夏的週末早晨，浸滿全身的黏膩感讓葉有慧擰著身子睜開雙眼，眼前是有著大片扇型轉盤的吊燈和長滿壁癌的天花板，吊燈上的扇片轉呀轉，上面的灰塵模糊不清，倒是壁癌的紋路很清楚。壁癌讓葉有慧很有安全感，雙手勾不到，像發霉的內心，不去清理也不會有人捨得埋怨自己，畢竟她不是造成壁癌的原因，她是壁癌本身。

葉有慧裸著身子從床上爬起來，隨手套了一件黑色貼身背心，她的步伐很自我，沒有跨過滿地的衣物，彷彿生活的路徑裡就算堆滿錯誤仍可以一腳踩上去，反正踩上去就有路，包括床上另一個裸身男子昨晚脫去的花襯衫和內褲。除了凌亂的衣服、雜物以外，舊式的流理檯上也有許多未洗的餐具以及用過的免洗餐具，氣溫在這幾天轉熱，讓剩餘的湯汁和菜渣產生出明顯的異味。葉有慧打開冰箱，裡面是一包一包過期的食物，她從冰箱的側邊拿起一袋看起來還尚為新鮮的吐司和幾乎見底的果醬罐，然後將吐司邊剝除，放進從未清潔過的吐司機，吐司機是嚕嚕米的圖樣，能夠將吐司烤出嚕嚕米的臉。葉有慧站在流理檯旁，把跳出的吐司放上花色的瓷盤，在等待的時間，她打開手機，傳了一則訊息出去。忽然葉有慧像是想到什麼，果醬罐隨意地往一張紅色的信封壓上，她再次打開冰箱，自冰箱側門的最下方拎出一包塑膠袋，裡面有一些盒裝式的小份量奶油，小盒子上是她看不懂的英文。

葉有慧將吐司和奶油一起放在盤子上，踩著雜物走回擁擠的單人床旁，依照原路或是不同的路，無所謂，凌亂的人生怎麼會有清楚的路，若是刻意整理反而會整理到傷心的原因。傷心的原因有眼睛，如果不是用上週沒有洗的衣服掩蓋著，怕是和它對視的葉有慧自己的眼睛會先流下眼淚。葉有慧站在床邊無聲地吸了一口氣，然後對裸身的男子說道：「起來吧，早餐吃完你就可以走了。」像是在看一隻廉價的吳郭魚。白天的魔力就是能夠輕而易舉地將夜晚的迷媚吞噬。男子翻過身，睡眼惺忪地看著葉有慧：「噢，妳生氣好性感。」

「我沒有生氣，」葉有慧面無表情：「一夜情而已，沒有感情怎麼會生氣。」她將盤子放在床邊：「奶油是大飯店的 **Buffet** 偷拿的，是我冰箱裡最貴的東西，我請客。」接著她伸手掀起男子身上僅剩的半條被子：「快起來。」

「妳冷漠也好性感。」男子又說了一句，想延長昨晚的歡愉。

「謝謝。你吃完就走吧，不吃就直接離開。」葉有慧淡淡地說，然後轉身自顧自地打開只有半扇門的衣櫃，另一扇門在她搬進來以前就不見了。她身上有許多東西都是早早就不見了的，有一種跟這個衣櫃惺惺相惜的感覺，很溫馨，所以不用換喔，她簽約時曾這麼跟房東太太說，您不需要特別幫我換一個新的衣櫃，語調裡帶著她看似與生俱來的禮貌，畢竟她也不是新的。禮貌只是維持新舊平衡的距離。整個房子裡唯一的新東西是衣櫃那半扇門後面，掛著好幾件昂貴的未剪牌新衣，已經跟著葉有慧好幾年，一直都沒有穿，放著放著也有了變舊的感覺。

男子站起身，有意識地沒有讓盤子跌落。男子想從葉有慧身後環抱住她，身材嬌小的葉有慧敏捷地閃過：「你是要直接走嗎？」

「沒，」男子只好作勢伸了懶腰，坐回床沿看著瓷盤裡的吐司：「嚕嚕米的臉好可愛。」有著鬍碴的臉露出帶點傻氣的笑容。不過葉有慧沒有回頭看。「但妳幹麼剝掉吐司邊啊？」男子問。

「健康。」葉有慧一邊說一邊側身翻找想穿的褲子。

「妳會在意健康喔？」男子咬了一口吐司，然後把奶油打開，用食指抹在剩下的吐司上，說話的時候還有嚼吐司的聲音。

「有些東西也不是在意了就會有，就是想盡力而已。」葉有慧穿上緊身牛仔褲，有意地顯露出她好看的比例：「沒有健康的關係，至少有健康的身體，可能還可以安慰一下自己，就只是想盡這種力。」邊說她邊聳了聳肩，同時檢視著衣櫃旁全身鏡裡的自己。

「我還能見到妳嗎？」男子大口地將剩下的吐司吃完，也站起身穿起自己的花色襯衫。他並不知道這已經被葉有慧來回踩過。

「不值得再見一次。」葉有慧穿上有些發皺的白色短襯衫當作小外套，接著轉過身問男子：「吃好了嗎？」大概只是禮貌地詢問，她拿起空了的盤子，往流理檯走去。男子跟上來，一邊小心翼翼不要踩到地上的雜物：「我會讓妳知道我值得的。」

「是我不值得。」葉有慧將盤子放到水槽裡，一手扶在流理檯邊上，一手扶著自己纖細的腰，眼神認真地看向男子，這讓男子有點發慌，原本想要繼續往前的步伐停了下來。男子不知所措地搔搔頭，和葉有慧對視的眼眸也慢慢飄移，落在他剛剛避開的雜物上，這時候才發現這個房子裡幾乎沒有一條可以穩穩當當走上的路，昨晚高漲的情慾像煙一樣飄進屋內，風一吹就散。

「看到了嗎，根本沒有路讓你走過來。」葉有慧直直盯著男子，不疾不徐地說。

「我可以幫妳清理啊。」男子又說。

「有些地方你清不到，我也不想清。」葉有慧的語調順暢，彷彿這已經不算是她的決定，而是她的生活觀。怎麼會有人願意提著細細的心來到自己身邊呢，大家都是囫圇吞棗地來，囫圇吞棗地離開。

男子被直視得無所適從，知道再說下去也是難堪，便迅速找到自己的皮夾，往門口走去，門口外面堆滿垃圾，男子提起腳跨過去，在葉有慧眼裡那是和自己根本上的不同。葉有慧盯著男子的背影，直到他關上門，她順勢看向大門旁小小的窗戶，玻璃上是舊式的窗花圖樣，外面是亮晃晃的天空，她盯了好一會兒，然後她聽見一樓鐵門打開、關上的聲音。又是一個陌生人的離開，又是一個夏天的到來。高中三年級畢業後，今年是離家第六年。葉有慧將目光移回水槽裡的花色瓷盤。

「Shit！」她喊了一聲，走到大門旁的窗檯，用力打開窗戶，朝著一樓的人影喊道：「你奶油沒吃完啦！」男子驚恐地回頭，快步離開。他後腳跟還踩著鞋緣，沒有心思把鞋子穿好。

葉有慧回到小廚房，伸手拿起那一小盒奶油，以右手小拇指將奶油挖得乾淨，接著放進自己的嘴裡用力吸吮，像個不願意錯失任何一點點高貴事物的孩子——如果能夠把這些高貴的東西吃進肚子裡，也許有一天我也會長出高貴的血液、高貴的肉，我也會擁有高貴的身分。

被拿出來的果醬罐還放在流理檯上，就在葉有慧的腰際旁邊，離她那麼近的地方，她看都沒有再看一眼，包括壓在果醬罐底下那張紅色信封。裡面是一張婚禮邀請卡，新娘的名字寫著「范曉萍」，葉有慧完全不認識這個人，新郎的名字寫著「葉智榮」，是她的父親。這是她昨晚半夜下樓買水時，在信箱裡發現的信，就算剛剛其實是刻意將它壓在果醬罐下，仍然讓今天早上的她無心調情。她甚至沒有注意到信封上並沒有郵戳。

葉有慧看著自己剛剛傳出去的訊息：

你覺得我要去參加我爸的婚禮嗎？

她想刪掉但是已經來不及。

02

敲門的原來是雨聲

長大的感覺，
有一點悶悶痛痛的。

人們第一次興起「我是誰」的念頭，是在什麼時候呢。

許多書籍中都寫到，「家」是人類出生後碰到的第一個、也是最小的社會單位，小小的嬰孩會從中認知到自己是誰。那麼如果給予自己的是幾個劣質的定義，這些定義在往後的人生中是否就難以變革了。葉有慧趴在破皮的咖啡色小沙發上，貼著破掉合成皮的大腿有刺刺的感覺，腦袋和她的居家空間一樣一團混亂。

從葉有慧有記憶以來，她就沒有見過親生父親與母親，當然，一開始她以為跟她一起生活的「爸爸」和「媽媽」就是她的生父生母。小學四年級的某一天晚上，她因為肚子餓而想去家裡的冰箱裡找點東西吃，卻聽到小陽台傳來說話的聲音，好奇心驅使她悄悄地走過去，她發現是爸爸媽媽在說話。爸爸說，是時候讓她知道了，葉家的人都來過好幾次了。媽媽說，再等幾年吧，我也還懷不上。爸爸說，我們應該要更積極有自己的孩子。媽媽又說，等她再長大一點吧，你沒聽人家講，不會有好的人願意去愛這種家庭不健全的孩子，我們怎麼可以讓小慧變成別人口中的這種孩子。爸爸推了推鼻梁上的眼鏡，像是想要說什麼的樣子，但最後只是安靜地看著媽媽，媽媽則是看著天上的月亮。好像月亮上有住著誰一樣。

小慧，小慧。葉有慧站在牆邊，聽見了自己的名字，是爸爸媽媽對她最親暱的稱呼。小慧，小慧。小慧是哪種孩子。什麼是家庭不健全。葉有慧壓根忘記自己餓著的肚子，她恍惚地走回房間，覺得有可能是自己聽錯了，因為爸爸也姓葉，她一直都是葉家的人啊。欲言又止是帶有份量的瞬間，沒說的話，會在心裡任由想像和觀察織出一張哀傷的網。從那一天起，葉有慧開始觀察爸爸媽媽，甚至在爸爸媽媽告訴她，我們準備要一起迎接一個新的寶寶的時候，她發現他們的眼睛裡有她不曾看過的眼神。

敏感是好奇與恐懼共同豢養的小獸，越多的未知和不安，牠能夠捉捕的細節就越多。例如某一次母親帶回幾袋昂貴的衣服，葉有慧才意識到，這並不是第一次，這些衣服會被裝在陌生、工整的漂亮紙袋裡，不像母親平常在夜市或連鎖品牌出清時買的衣服。為什麼媽媽會去買這些衣服呢，而且都只有葉有慧的。葉有慧很困惑，這樣的衣服大約一年出現一、兩次。未解的念頭往往礙於未能開的口，小小的葉有慧知道，只要她不去追問，這個家就會保持原樣，爸爸還是爸爸，媽媽還是媽媽。哀傷的網還不會困住任何人。

一年後，媽媽小產。三年後，媽媽第二次小產。又再三年後，葉有慧升上高中二年級，那是一個剛重新分班的悶熱夏天，她在球場上和新同學打著排球，紮著凌亂的馬尾，運動服濕了一半，突然媽媽出現在球場邊，身上是普通的黑色牛仔褲，和薄荷綠的遮陽外套，外套裡面是發皺的白色棉質T恤，腳上則是葉有慧不要的舊布鞋。這是媽媽平日裡習慣的樸素打扮，葉有慧一眼就認出來。

「葉有慧，很爽欸，這種大熱天，妳阿姨來接妳回家。」一個男同學走過來，用手肘輕撞了一下葉有慧的手肘。葉有慧在太陽下看著遠處的媽媽，女人正朝她招手，要她走過去。

「那不是她媽喔？」另一個女同學隨口問道。

「不是吧，我剛剛上廁所聽到她阿姨在跟班導講話啊，她說『我是有慧的阿姨』，她自己都說是阿姨欸。」

葉有慧沒有回應同學們的耳語，她站在陽光下，汗珠在她的額頭上排列成脆弱的隊伍，風輕輕一吹就會像眼淚一樣滑下臉龐。女人再次招了招手，葉有慧看向那件已經從正黑色洗到變深灰色的牛仔褲，再望回自己腳上那雙女人上週帶她去買的新的運動鞋，她終於提起腳步，而那一步之後，她再也沒有喊過這個女人「媽媽」。

那天下午，這個女人帶葉有慧去一家賣手工冰淇淋的咖啡店，這是只有女人生日才會來的，女人喜歡吃這家咖啡店的香草冰淇淋。葉有慧知道女人有話想要告訴她，但是無論她如何若無其事地吃著巧克力餅乾口味的冰淇淋，還是時不時看向女人瓷碗裡的米白色香草冰淇淋，女人都沒有說話，只是親暱地看著她。不過從離開球場開始，葉有慧都沒有和她對視，她怕一看向對方的眼睛，會覺得這個女人是完全陌生的。女人的異常讓葉有慧忍不住想問：「所以，妳是我的阿姨還是我的媽媽？」但她只是這麼問：「我們還有要去哪裡嗎？」

「嗯，去走走。」女人點點頭，嘴角揚著笑容。葉有慧安靜地跟著女人，銀灰色轎車開上高速公路，約莫一個小時後，葉有慧看見高速公路綠底白字的告示牌上寫著「台北」。為什麼要去台北呢。葉有慧伸手調整了一下副駕駛座的安全帶，讓自己能夠深呼吸。台北是從小就幾乎不會去的地方，以往被她稱作爸爸的男人似乎不喜歡台北。

「不要告訴爸爸哦。」女人溫柔地看著前方。車子並沒有往市中心開去，反而開到了相對偏遠的郊區，在一個小小的蛋糕店前停下。又要吃甜食嗎，葉有慧心裡困惑著。女人沒有將車子熄火，她打開車門，走下車買了一個顏色特別的起司蛋糕，上面有藍色的紋路。「不急著吃，但是晚點妳一定要嚐嚐看。」女人叮囑般地告訴葉有慧，她甚至說了奇怪的話：「這裡很常下雨，所以東西容易發霉，什麼都不好保存，有時候想起住在這裡的人，就會覺得心疼。」口吻像是在對著住在月亮上的人說話，她露出和那一晚看著月亮時一樣的眼神。葉有慧始終很安靜，她發現女人一直都站在那個離她並不遠，但是她不敢再往前多走一步的小陽台裡，她感覺得到，好奇心所驅動的步伐，會將那些看不見但珍貴的事物踩碎。祕密是玻璃繩，誰要攀爬它，誰就會弄破雙手，它通往的地方若不是血地，也多為暗處。於是葉有慧也像那一晚一樣，試圖靜靜地轉身，回到自己的房間。

女人將轎車停在巷子裡的小型戶外停車場，接著讓葉有慧自己隨意地去逛逛，葉有慧往哪兒走，女人眼裡都有一股矛盾的笑意。偶爾，女人會主動地說：「這間雜貨店開很久了，現在都沒什麼人，因為大家都習慣去便利商店，又亮又有冷氣，東西雖然稍微貴了一點，但是像一個魔法鋪，還能繳費。」聽起來像是在說她自己曾經生活過的地方。「可是有些人還是會來這裡買十元的棒棒冰，以前是一元，整個世界都變了好多。」

整個街區不算特別熱鬧，因為是八月的關係，有許多住家門前坐著身穿汗衫的老人，有些圍在一起聊天，有些獨自搧著竹扇，有些倚坐在輪椅上，一旁坐著面生的外籍看護。其實就和葉有慧現在住的地方差不多，這並不同於她對台北的印象，她以為台北是一個速度快、很年輕的城市。「沒想到，這裡跟我們家那裡的巷子有點像。」葉有慧說。雖然她不確定還適不適合用「我們家」這三個字。她的心裡事實逐漸從外部事實中脫落，如果要維護外部事實與其所組成、架撐的關係，就得獨自承受這之間的落差。葉有慧不想再繼續漫無目的的閒逛，忍不住問：「我們要回去了嗎？」女人怎麼會為了一塊淡藍色的起司蛋糕、一個平凡無奇的街區讓她請半天假，噢，還有那兩碗不便宜的冰淇淋。

「好。」女人點點頭，笑容沒有淡去，包裹著的彷彿是一個柔軟的目的，但是在葉有慧看來，一切都令人不耐。

、、、

在把這件事告訴丈夫以前，女人想先告訴小慧。

小慧是她妹妹的女兒，妹妹十九歲時懷孕、生下小慧。那時候女人二十三歲，五專畢業幾年，已經有一份穩定的工作和穩定的伴侶。小慧出生那一年，女人剛好加薪，接到醫院的電話後，她請了下午最後兩個小時的假，趕在郵局關門前去領錢。母親和父親並不認同妹妹的決定。女人買了一些補品和水果，雙手手指因為提著重物時而泛紅時而泛白，要給妹妹的東西似乎怎麼樣都不夠。妹妹在一間小醫院生產，她走進醫院時先踩上久未汰換的門墊，向櫃檯詢問了妹妹的病房後，便匆匆前往。

「姊……」妹妹一看見她就哭了出來。

「孩子一定會像妳的，都說長女會像媽媽。」女人輕輕拍著妹妹的肩膀，試圖讓她不要想起那個令她傷心的情人和父母親的否定。可惜妹妹並未見到她的孩子到底像誰，幾天後，妹妹因為傷口未處理恰當，出現感染及併發症而休克死亡。女人從醫生手中接過孩子，雙手輕輕地抱著，就這樣抱了十六年。

女人結婚時丈夫曾說，最多三年，我們要有自己的孩子、我們要找到孩子的父親。不過，感情如何以期限去結束。小慧三歲時，丈夫再次說了，我們的孩子更重要，等她上小學，她上小學後我們一定要告訴她。在通訊不完全發達的年代，葉家人終於在小慧上小學前找上門來，但是女人已經有了捨不得。眼看著小慧的小學都快過完了，女人數著自己這些年來，一次流產、兩次流產，直至今天下午，已經是第三次，醫生告訴她：「李小姐，妳懷孕的機率目前是越來越低的。如果有任何其他的需要，都可以再聯繫我們。」該怎麼告訴丈夫呢，女人在恍惚之間看見，小慧也許就是她這一輩子唯一的女兒。在悲痛中她有了私心——如果我不能選擇我的孩子，我仍想要選擇成為一個母親。

丈夫下班以前，她先帶小慧去吃自己最喜歡的冰淇淋，那是小時候還沒有的冰淇淋店。有人說傷心時要吃甜食，所以那也是妹妹走後她吃到的第一口食物。女人接著帶小慧去生父生活的地方，買她的妹妹——也就是小慧生母喜歡吃的藍紋起司蛋糕，在這裡她能看見妹妹和情人手牽手的模樣。那是很多年以前，妹妹義無反顧地說著要去台北生活、要生下小慧，妹妹說離家也無所謂的時候，女人總是瞞著父親和母親偷偷搭客運來看妹妹的週末。看著小慧嬌小的背影，女人彷彿能聽見妹妹的聲音：「姊，妳覺得小慧會喜歡藍紋起司的味道嗎？智榮就不喜歡，希望小慧像我。雖然藍紋起司是一種發霉的東西，跟這裡的生活很像，但還是能夠好好享受的吧。」其實女人也不喜歡藍紋起司的味道，但她希望小慧在這裡多停留一會兒。她記得妹妹曾一邊嚼著巷口這家小甜點店的藍紋起司蛋糕，一邊喃喃地說：「希望小慧成為這樣的人。」很久以後的小慧確實成為了這樣的人——與黴菌共生，卻不知道自己是起司還是黴菌。

女人的心裡忐忑又矛盾，在她刻意地對著第一次見面的陌生人，小慧的班導師，說出「我是有慧的阿姨」時，她就決定了這一天的行程。先誠實地向一個無關緊要的人說出真話，再暗自希望，小慧能夠告訴她：「比起藍紋起司蛋糕，我更喜歡手工冰淇淋。」有一樣的喜好，看起來就像是自己的親生女兒。

回程時女人讓小慧在停車場出口等她，她不想要小慧在大熱天走那麼多路，小慧換上的制服背後已有了幾片汗漬，裡面的淺色內衣是她帶小慧去買的。那天小慧寧可讓內衣店的姊姊看到自己的胸部，也不願意讓女人進去小小的試衣間。小慧第一次的生理期是小學六年級某天早上，她在廁所裡待了快要半個小時，直盯著內褲上的血漬不知所措，女人敲了敲門詢問：「怎麼了？」小慧才支支吾吾地說自己的生理期來了。女人揚起高興的語調：「很好呀，恭喜妳長大了。」

「這是好的事嗎？」小慧高興不起來，隔著一扇廁所門，小聲地說：「我四年級的時候，班導有一次請保健室阿姨來教我們用衛生棉，老師請全部的男同學都出去，還把窗簾拉上……」

「這絕對是好事。」女人站在廁所外面笑著說道：「這是身體定期幫妳排毒啊。」接著她告訴小慧，今天可以不用去上學。那天下午她們在家裡看電影、拼拼圖，還有寫信給二十歲的自己。

「媽，妳也要寫給二十歲的自己哦？可是妳已經超過二十歲很久了欸。」小慧笑著問。女人沒有答話，只是笑著埋頭寫信。「寫完要交換嗎？」女人問。「不要。」小慧說，一手摸著自己的腹部，一手繼續用鉛筆在白紙上寫著：「長大的感覺，有一點悶悶痛痛的。」女人側頭偷看，有一句寫著：「但是媽媽說這是一件好事，就應該是一件好事吧。」

女人坐在駕駛座，看著站在停車場入口的小慧。她想上前去，用雙手輕輕地擁抱住她，她想告訴小慧——寶貝呀，媽媽這輩子可能都沒有辦法生下自己的孩子了，所以妳永遠會是我的女兒。

但是那天女人只是從車廂裡找到一小疊便利貼，撕下一張，在上面寫了幾個字，對摺再對摺，放進葉有慧的鉛筆盒裡。

、、、

葉有慧決定搬離這對夫妻，是在十八歲考完大學的那個暑假，她收到一封陌生的簡訊，那個人稱自己是智芬姑姑，說是生父的親姊姊，想見她一面。

她迫切地想見這個人，這讓所有在暗處的連結終於有了終點，同時她又抗拒，有一部分的自己似乎更希望從未收到這則訊息。籬笆外的野徑到底通往哪裡，陌生的敲叩既禮貌卻未知。是路途太遙遠了嗎，為什麼那麼晚才來。即使困惑淹沒了葉有慧，她仍選擇赴約。

智芬姑姑問葉有慧想吃什麼，可以任意選擇類型，日式、法式、義式、港式或中式料理，都行。葉有慧想吃義大利麵，於是在簡訊中簡短地回覆「義式」。智芬姑姑發給她一個地址，是台北市區一個大飯店較高樓層的餐廳。她穿著修身的深藍色牛仔褲和短袖有領的白色POLO衫，腳上是女人為她新買的C牌帆布鞋，她前陣子提到同學們最近都流行穿這個牌子的鞋子，女人就說：「要跟智芬姑姑吃飯，我們也去挑一雙吧。」雖然她很久沒有喊女人媽媽了。

智芬姑姑穿得優雅低調，淺杏色的貼身連身洋裝，和一件黑色針織小外套，身材保養得宜，除了上週才去燙過的頭髮捲度有點生硬之外，整體看起來沒有什麼侵略性。葉有慧在心裡忍不住用「高級」來形容她，她的耳朵上甚至有好看的不規則耳環，很明顯地跟和自己一起長大的女人並不一樣。智芬姑姑和她約在飯店一樓大廳，從遠處走過來時一臉笑意，她的第一句話是：「妳跟姊姊一樣大，身高也差不多。」葉有慧有點尷尬，她聽不懂，智芬姑姑馬上接著說：「我的大女兒，我都喊她姊姊，因為還有一個女兒。」臉上的笑容很真誠：「妳跟我大女兒同一年生，如果真的要說，應該算是妳的表姊，大妳幾個月而已，叫海心。」連女兒的名字都有一種高級的感覺，葉有慧忽然覺得腳上全新的C牌帆布鞋比那個名字還要俗氣。

這是她第一次見到另外一個葉家的人，但智芬姑姑沒有說太多關於那個葉家的事，倒是問了她很多對於未來的想法，像是想填什麼校系、想去哪裡念書、有沒有想過以後要做什麼工作、有沒有對什麼特別有興趣。「海心去年暑假去了一趟在加拿大的夏令營，回來之後跟我說她覺得自己的英文不夠好，想要再加強，所以她現在每週都會去上英文課，有慧妳想要上英文課嗎？如果想要的話，都可以跟姑姑說。」智芬姑姑說話的模樣很迷幻，葉有慧聽得很疏離，因為她喊自己有慧而不是小慧。加拿大是那個路很大、很多楓葉的國家嗎，英文是國中運動會時同學在班上放了幾乎一整天的西城男孩吧，或是那個夜市買的T恤上面會印製的「SUPER」、那個洗完會黏在一起、洗太多次會剝落的語言。也是那個選擇念職校餐飲科的她，高一下學期之後就沒再打開過的其中一本課本裡的東西。

「謝謝，沒關係。」葉有慧禮貌地說：「我只聽過西城男孩的歌。」

「啊，妳喜歡Westlife嗎？」智芬姑姑問。葉有慧猶豫了一下，然後點點頭。畢竟她不是真的喜歡。只是想起曾經有人說過類似那種，如果聽得懂西城男孩感覺就比較厲害的話。「妳可以直接叫我智芬姑姑。」智芬姑姑露出笑容，但葉有慧當作是客套，於是也禮貌地露出笑容。從此她學會用禮貌保持距離。

接著智芬姑姑喝了一口紅酒：「妳成年了，要不要試試，紅酒配起司。」然後對她露出溫婉的笑容：「再來點醃橄欖好了，就是剛剛的那個開胃小點，妳還要嗎？」葉有慧搖搖頭，接著輕輕地啄了一口紅酒，實在不好喝，她從起司盤上挑選了一塊淡黃色的起司，起司盤是精緻的扁平木盤，上面有各種口味的起司，從深黃色、鵝黃色到淡黃色，還有藍紋起司和一些核果。她不喜歡藍紋起司，雖然她只有吃過一次，她覺得那是發霉的東西。她害怕那是自己的味道。

離開的時候智芬姑姑說可以載她，但是葉有慧婉拒了，她想一個人去晃晃。「沒關係，那妳回家小心。今天很高興看到妳，有機會我們一起跟智榮吃個飯。」智芬姑姑的笑容還是那樣優雅，葉有慧試著和她露出一樣的笑容：「好，我今天也很高興，謝謝智芬姑姑。」她感覺到自己的眼睛混濁，不是因為眼淚，她沒有任何想哭的感覺，而是真心，葉有慧發現自己在這個女人面前沒有真心。因為她不確定該不該拿出真心認識這個人，因為她生氣，為什麼那個叫葉智榮的人不自己來找她呢。還有，她沒有吃到義大利麵，誰曉得這種義式餐廳的義式料理竟然不是義大利麵。

葉有慧回到家時恰巧沒有人在家，她打開小小的衣櫃，在某一件沒穿過的新衣服的口袋中掏出一張黏貼處已經沾滿灰塵的便利貼，一年多前媽媽偷偷放進她的鉛筆盒，它和那些昂貴的衣服是同一類的東西。她換上已經被當作居家服的國中班服，穿上變形的她不要的那雙舊布鞋，然後出門，走去巷口的平價餐廳，點了奶油鮭魚口味的義大利麵，心才漸漸感到放鬆自在。

「生下妳的人是我的妹妹李美如，妳的爸爸叫做葉智榮。」

葉有慧攤開便利貼，這幾乎是現在的她最靠近「我是誰」的一行字，因為那天之後，沒有人再提過這件事。

每個人都假裝告知等於解決。

葉有慧沒有意識到自己邊吃邊哭，只發現喉嚨變得很難吞嚥，可能是她吃得太大口了。也可能是她太害怕。無法明說的愛有時候會喬裝成傷害的模樣，讓迎面而來的人哭紅雙眼，誰若有了清朗的質地能夠辨認，誰便從此為它所困。我是誰、我是誰呢。當她想要打開被敲叩的門，認真地這麼問時，才發現門外沒有人，敲門的原來是雨聲。原來她只擁有雨的關心。

可是她害怕的從來不是一場異常大雨。

而是怕從此，一生都是雨季。

03

千層

就算是不舒服的選擇
也是我的選擇。

玩躲避球的時候女孩被絆倒了，一隻鞋子被踩住而脫離自己的腳，另一隻的鞋緣磨破了皮。這是她最喜歡的一雙鞋。女孩冷靜地站起身，走上前去把鞋子穿好，沒有眼淚，也沒有說話。

她一個人走到校門口，男人站在小轎車旁邊等她。她快步走上前，沒有牽上男人大大的手掌。

只要載著女兒，男人的車速就會比平常慢。男人把女兒接回家，女兒在玄關將鞋子脫去，鞋頭朝外的放進鞋櫃。男子跟在後面，沒有注意女兒的鞋子。女人聽見腳步聲，走向門口，上前牽起女兒的手，女兒沒有施力回握，只是任由女人牽著。她把女兒帶到餐桌邊，才鬆開女兒的手，替女兒卸下書包。

晚餐後女兒在房間裡寫作業，男人在客廳看電視。女人問男人今天的車況，男人含糊回答，接著她問女兒回家的路上有沒有特別說什麼，男人搖頭，於是她又問男人，想要送女兒什麼生日禮物，男人沒有說話。

女人拎著抹布和清潔劑走到玄關，拿出女兒的鞋子，試圖將鞋子上面的髒污擦拭乾淨，但是沒有辦法。破損的地方擦不掉。

隔天，女人一如往常在女兒睡醒前輕輕親吻女兒的額頭，女兒揉揉眼睛。女人問女兒想要什麼生日禮物，女兒搖搖頭。她們一起站在餐桌邊，女兒將兩碗稀飯中的其中一碗推到女人面前，拉著女人坐下，然後走進浴室，拿起粉紅色的矮了一截的小支牙刷，擠上草莓口味的牙膏。男人從廚房走出來，女人問男人要不要給女兒買雙新鞋，男人搖搖頭說，沒必要吧，她的布鞋才剛買沒多久。

女人將荷包蛋放進男人碗裡，順勢給了男人一千元。

「給小慧買雙鞋吧。」女人說。

小慧都聽到了。

她從浴室走出來的時候嘴巴裡還有草莓牙膏的味道。

、、、

女人接到電話的時候正在上班，電話那頭是陌生男子的聲音，口吻嚴肅。她立刻起身跟組長請了假：「我女兒出了一點事。」家裡只有一台車，因為先生出差，今天早上她是搭公車上班。她先用公司電腦查詢目的地的確切位置，出了公司之後攔下一台計程車。女人幾乎不搭計程車，那太貴了。

計程車開過一個小學校園，在前面的轉角停下，轉角有一間便利商店。女人快步下車，走進便利商店前已經先看見櫃檯旁邊站著的嬌小背影，背著粉紅色卡通圖案的書包，書包的背帶上已經有許多污漬。自動門打開時，廣播傳來任賢齊的〈對面的女孩看過來〉，是這學期運動會班上挑選的表演曲目，女孩總是聽到就跟著搖擺，此刻嬌小的身影卻低著頭動也不動。

「請問妳是這個小朋友的家長嗎？」店長是一個身型圓潤的男子，理著平頭，臉上有明顯的鬍碴。女人一走上前，店長就開口，她點點頭。冬至剛過，便利商店裡相對溫暖，但女人無暇感受。

「我是這家店的店長。」店長露出終於可以問責的表情：「她偷了我們的原子筆，雖然現在還我們了，但是監視器都有拍到，可能需要麻煩妳協助處理。」店長看上去也不是第一次遇到這種事，沒有太生氣，也沒有給這種狀況裡的家長太好看的臉色，像是在責備，孩子還小的時候都是家教問題，長大後就會變成社會問題。

女人禮貌地說：「好的。」接著低頭看了女兒一眼，女兒並沒有抬起頭看她。「可以先讓我和我女兒單獨談談嗎？」她說：「我們就在外面而已。」然後舉起一手指向門口的鐵製長椅，另一手同時去牽起女孩的小手。店長有些愣住，似乎有點意外，不過很快地也點了點頭。

女孩的小手非常冰冷，一走出店面，女人從包包裡拿出一個新的暖暖包，在手裡搓了搓，確定生熱才將暖暖包遞給女孩。女孩接過暖暖包，但沒有任何動作，手指像蓮花一樣散在她的大腿上，暖暖包在小小的手心靜止著。她始終沒有抬頭看向女人。

「可不可以不要跟爸爸說。」這是女孩的第一句話。女孩跟丈夫一直都不太親近。

「好。」女人說：「但是，妳也要答應我一件事。」女孩聽完後眼神慢慢變得黯淡。「我希望妳誠實。」女人語氣沒有起伏地看著女孩，女孩的目光仍停留在手上的暖暖包，沒有吭聲。女人輕輕地呼吸了一口氣：「妳為什麼想要新的原子筆？」並小心翼翼地還不要使用到「偷」這個字。

女孩的腳趾在鞋子裡不斷用力，像抓地那樣，兩隻腳輪流，像在忖度。沉默了一會兒後，她小聲地說：「妳會生氣嗎？」

「不會。」女人說。

「我……想要送禮物給陳心媛。」陳心媛是學校的風雲人物，一個隔壁班的漂亮小女生，下課時許多同學都喜歡圍著她說話。

「妳很喜歡她嗎？」女人問，不過不是那種要得到回答的口吻。女孩的心臟撲通撲通、用力地跳了好幾下，但她沒有開口說話。她怕一不小心說出來的會是錯的話。「我想，如果我是心媛，我會很開心，我會謝謝有人想要送我禮物。」女人繼續說道：「這是很棒的心意。」

女孩似乎有點詫異女人的回答，她稍微施力握住手上的暖暖包，手指呈現花苞的形狀，整隻小手也感覺到更多暖意，雙腳腳趾也不再那麼用力地抓地。

「可是，偷東西是不對的。」女人終於使用這個字眼，口吻變得嚴肅：「不對的事情會讓很棒的心意變不見。所以我不會生氣，我只覺得很可惜。」

「對不起。」女孩說。她的愧疚來自於讓母親感到可惜。

「小慧，媽媽不能跟妳說沒關係。」女人讓自己的身子稍微轉向：「我們把這個對不起，跟裡面的店長說好不好？」她希望小慧看著她：「因為妳拿的是他的東西，不是我的東西。」但是小慧並沒有這麼做，她的腳趾又忍不住開始施力抓地。沉默了一會兒後，小慧才抬起頭看向女人：「媽媽妳可以陪我一起嗎？」

女人沒有馬上回應。她拿出錢包，掏了一個五十元銅板，遞給小慧：「這一次，妳去把剛剛沒有結帳的原子筆買回來，然後跟店長說對不起。不要害怕，我不會走。我在這裡等妳。」

小慧想了一下，又問了一次：「妳不能陪我嗎？」

「不能。」女人搖搖頭，認真地看著小慧：「妳要試著自己負責。能夠為自己的錯誤負責，才是真正的長大。」

小慧再次走進便利商店的腳步非常緩慢，甚至要走到擺放文具的商品架前都感覺到艱難，中間她回頭看了女人好幾次，女人有時候對她點點頭，有時候比出加油的手勢，有時候用眼神告訴她，不要怕，往前走就好了。店長站在收銀台裡，有些納悶，直到他看見這個小女孩拿了兩支和剛剛偷的款式一模一樣的原子筆，並遞上一個五十元銅板。

「叔叔，對不起。」小慧低著頭用力擠出這句話，她的小手則將暖暖包擠成一顆新的花苞。

「沒關係，不要再這樣就好了。」店長露出難得的笑容：「妳很勇敢。」小慧仍然低著頭，抿了抿唇，然後回頭看向女人，發現女人正在看著自己，臉上的笑容雖然很淡，但是已經沒有可惜的表情。

那天晚上女人買了一塊千層蛋糕給小慧做為鼓勵。

「是妳最喜歡的蛋糕喔。」女人說。

那塊千層蛋糕小慧每天只吃一點點，一層一層吃，吃了三、四天才吃完。她捨不得吃太快。

、、、

運動會前兩天，有同學帶來周杰倫的專輯，學藝股長則是拿出Westlife的專輯《Coast to Coast》，他們為了運動會當天應該要在教室裡放什麼音樂而爭執。最後由學藝股長獲勝，因為 Westlife 的歌是英文的。聽一些不是每個人都懂的東西，會顯得自己比較成熟。結果運動會的下午一直輪流播放同一張專輯，實在令人厭膩，學藝股長去操場看百米賽跑的時候，帶來周杰倫專輯的同學偷偷換了音樂，然後在黑板上抄寫著歌詞。

學藝股長喜歡體育股長，大家都知道。

體育股長除了跑百米，還報名了四百米跟八百米的比賽。葉有慧的八百米永遠都無法掌握在四分鐘以內，可是體育股長每次都不到三分鐘就跑完了，她想去看看，於是她沒有把周杰倫的歌聽完。

葉有慧走向操場邊，八百米的比賽剛開始沒多久。有個同班同學看到葉有慧走過來，順手遞了一個水壺給葉有慧：「這是體育股長的，妳幫我拿一下，我去上廁所。」然後匆匆跑開。葉有慧沒有多想，提著水壺站在操場邊。她看見學藝股長的眼睛裡亮亮的，水壺好像應該給學藝股長比較好。葉有慧緩慢地穿過人群，小心地不打擾圍觀同學的興致，終於走到學藝股長的前面時，有人從後面拍了她的肩膀。

「妳要去哪？」是體育股長的聲音，葉有慧一回頭，就看見體育股長露出開朗的笑容：「我的水壺啊。」她一愣。體育股長已經從葉有慧的手中接過水壺：「謝謝妳！」接著伸出右手，將食指與中指併攏，靠近額頭再迅速彈開，對她做出敬禮的動作。葉有慧再回過頭跟學藝股長對視時，她的眼睛裡已經沒有亮亮的東西了。學藝股長沒有說話，也沒有表情，她們對視了幾秒鐘後，學藝股長先將眼神移開，然後走過她身邊，離開操場。葉有慧站在原地，忽然覺得體育股長跑得那麼快不一定是一件好事。

學藝股長和葉有慧，還有另外三個女生，五個人原本是玩在一塊兒的。不過也才剛升上國中一年級，大家的感情並不真的深厚。回到教室後，葉有慧看見另外三個女生跟學藝股長湊在一起，她一走進教室，她們就回過頭看她。她原本想伸手跟她們打招呼，但在那之前，她們已經一起別過頭。

那天放學沒有人跟葉有慧一起走，四個女生走在她前方，她聽見學藝股長高八度的聲音從前面傳來：「我要怎麼比過她啊？她連 Westlife 都聽不懂，但人家就是喜歡啊。」葉有慧加快腳步繞過她們。

媽媽沒有問她怎麼了，雖然她一回到家就把自己關在房間裡。她已經過了會跟媽媽討論煩惱的年紀。那天葉有慧沒有吃晚餐，半夜才因為肚子餓從床上爬起來，跑去冰箱翻東西，冰箱裡被塞滿食物，不確定哪些過期了、哪些還能吃。側邊有一個菠蘿麵包，葉有慧拿出來，放進微波爐加熱。然後她聽見腳步聲，是媽媽。

「要不要熱一杯牛奶。」媽媽說：「冬天喝熱牛奶很好睡。」媽媽從冰箱裡拿出牛奶，剩下最後一杯的量：「剛剛好。」媽媽說。葉有慧很怕媽媽問她運動會好玩嗎，還好媽媽沒有這麼問，只是幫她把加熱好的麵包拿出來，換加熱牛奶。

葉有慧在小餐桌旁坐下，媽媽走去電視旁的小櫃子挑了一張光碟放進音樂播放器，然後坐回她對面的位置，隨意翻著桌上的雜誌。

女孩　為甚麼哭泣[1]
難道心中　藏著不如意
女孩　為甚麼嘆息
莫非心裡　躲著憂鬱
年紀輕輕　不該輕嘆息
快樂年齡　不好輕哭泣
拋開憂鬱　忘掉那不如意
走出戶外　讓我們看雲去

校園民歌是媽媽喜歡的音樂。跟今天在學校聽到的周杰倫和Westlife都不一樣。葉有慧明白媽媽的心意，所以覺得有些尷尬。她低著頭喝熱牛奶。白我在成形時，承接愛的方式也在成形，太年輕的心若要學習指認愛，難免先感到彆扭。那天晚上葉有慧比媽媽還要早離開餐桌，她走進廁所刷牙，用的已經不是草莓口味的牙膏，仍覺得嘴巴裡有草莓牙膏的味道。

有時候想忘記的和想留下的是同一件事。

葉有慧用力漱了漱口，吐出的污水裡有一點混濁的牛奶白。

1 陳明韶音樂作品〈讓我們看雲去〉，一九七九年九月發行，同一年由劉文正翻唱。

、、、

知道媽媽並不是生母後，草莓牙膏的味道就沒有再出現了。

未解的困惑總能狡詐地填滿時間的縫隙，將熟悉的事物不著痕跡地推遠。葉有慧搬出家裡後第一個住進的，是一間位於地下室的小雅房，在學校附近。搬家那天媽媽臨時有事，是和她一起長大的爸爸開車替她把東西載到租屋處，葉有慧注意到爸爸的車速仍像小時候一樣慢慢的，但就僅此而已。

小雅房裡面除了單人床跟一組書桌椅以外，什麼都沒有，也沒有窗戶。「衣櫃的部分妹妹妳再自己想辦法啦吼。」房東太太這麼說。簽約的時候因為已經年滿十八歲，她沒有請任何長輩陪同。

葉有慧在拍賣網站買了一組便宜的衣櫃，拍賣網站說只需要一支螺絲起子就能自行組裝，看起來不難，她應該還能負擔。後來她花了整整兩天才把衣櫃組裝好，卻不敢掛太重的東西。葉有慧沒有辦法真的信任自己。有時候就算費盡全力組裝一個看起來可以用的生活，仍然不敢活得太用力。

智芬姑姑積極地說要來看她，進門後她先環顧只有不到三坪的空間，開口的第一句話是：「這不是單人床吧。」

「好像是小的單人床。」葉有慧的音量不大，聽起來不太確定。

「哪有小的單人床。」智芬姑姑邊說邊傾身去搬動床櫃，面朝牆壁的床櫃跟牆壁之間挪出了一些空隙，可以清楚從這一側看見床櫃是空心的，像是一個倒放的櫃子：「這是雙人床拆成一半的，房東在撿便宜嘛。」然後嘆了一口氣：「我家裡有多的雙人床，要不要搬來給妳？睡起來比較舒服。」葉有慧直直盯著智芬姑姑的捲髮，捲度變得比較自然了，但智芬姑姑身上精緻優雅的感覺也褪去了一些，不是因為衣著。

「沒關係，還要問過房東，可能不方便。」葉有慧說。雖然睡起來確實比原本家裡的單人床要窄，不過這是她第一次離家，在單薄的經驗面前，世界的一切陌生都顯得合理。而且，就算是不舒服的選擇也是我的選擇。

除了單人床，智芬姑姑將一隻手握拳，敲了敲她好不容易組裝起來的廉價衣櫃：「這個衣櫃房東也是撿便宜的啊。」葉有慧沒有說話。她不知道生活有便宜與不便宜之分。「我可以看看裡面嗎？」智芬姑姑問，口吻禮貌卻不容拒絕。葉有慧點點頭。衣櫃裡只有大約十多件衣服，葉有慧不敢掛太多，她怕衣櫃承受不住。智芬姑姑伸手輕輕翻了翻，像在找東西：「妳爸給妳的衣服都沒有穿呀？」葉有慧大概愣了五秒，才意會到智芬姑姑口中的「妳爸」是生父葉智榮。她對於自己先想起這十幾年住在一起的那個男人的臉感到無措。

「還沒拿過來。」葉有慧小聲地說。

「那都是很好的衣服，不穿很浪費的。」智芬姑姑邊說邊將衣櫃的門小心翼翼地闔上。那一刻的智芬姑姑又變得溫柔了，那雙好看的手懂得輕輕對待她脆弱的生活。只是，那些衣服穿在我身上可能更浪費，葉有慧心想。

智芬姑姑大概是其中一節雨聲，因為太響亮的時候，屋內原來的聲音會變得微弱，甚至被覆蓋。

女人也說要來看她住的地方。

不過相約那天，葉有慧並沒有見到女人。

那天早上她們吵了一架，確切在吵什麼也不清楚，大概是智芬姑姑的出現讓她心思混亂，葉有慧只記得自己對著電話咆哮：「妳不需要再對我好了，我不需要妳對我好。」她差一點要喊出，反正我也不是妳的女兒。但她沒有。葉有慧心裡有一條草莓牙膏味道的底線。

女人在電話那頭安靜了一會兒，直到葉有慧掛上電話。她一瞬間變得冷靜，若無其事地出門上課，在看不到的布鞋內，她的腳趾頭像小時候不斷想要抓到地面那樣地用力縮起來、放開，再縮起來、再放開。

因為沒有再和女人確認相約的時間，晚餐後葉有慧刻意在外頭逗留。回到租屋處時，葉有慧看見門口有好幾個塑膠袋，其中紅白條紋半透明的，一眼就能夠看見裡面裝著她換洗的備用枕頭和棉被，搬家那天剛好漏掉這一袋。女人還是來了。旁邊是另外兩袋，一大一小，大的裡面是一些乾糧、泡麵和市場買的幾樣表面不太漂亮的水果，小的裡面則有一杯封口的冰奶茶，和一塊千層蛋糕。冰奶茶的紙杯上都是水珠，讓旁邊紙條上的字有點模糊，但仍能看得出來女人秀麗的字跡：「大學生活愉快！」

葉有慧拿起冰奶茶，湊近耳朵搖一搖，冰塊已經融化得差不多，沒有什麼相互撞擊的聲響。每次跟女人起爭執好像都是這樣，不知道該怎麼和好的時候，時間會主動地去融化吵鬧的聲音。葉有慧不確定女人是什麼時候來的。她提著三個塑膠袋走進房內，沒有先整理它們，而是從小櫃子裡拿出鐵湯匙，用力地挖著那塊千層蛋糕。不到三分鐘她就吃完了。該如何才能像以前一樣單純而細膩地享受當下呢。她不知道。

現在的她大口地喝著冰奶茶。

、、、

這些故事葉有慧沒有告訴過任何人。

包括第一次跟智芬姑姑吃完飯後，女人問她，飯吃得還好嗎，智芬姑姑家裡好像是開公司的，應該吃了很好吃的食物吧。我們去一間很特別的餐廳，她只是這麼說，有一些我沒吃過的東西。葉有慧想告訴女人，她其實比較喜歡巷口的奶油鮭魚義大利麵。但是她想不到該用什麼口吻去說。

就像她不知道該怎麼讓女人知道，千層蛋糕不是她最喜歡的甜點，只是它能夠一層一層慢慢地吃、吃得久一點。女人相信越捨不得的東西表示越喜歡，不過有時候，捨不得只是為了延長還未失去的感覺，與喜歡無關。

許多年後葉有慧會在夜深人靜時想起陳寧學姊曾跟她說：「妳的媽媽好溫柔。」雖然葉有慧聽到的時候面無表情。「有溫柔的媽媽真好。」但是聽到學姊這麼說時：「這樣妳以後也會成為溫柔的人。」她意識到自己不自覺上揚的嘴角，才趕緊收起笑意。

她不是女人的親生女兒，她不確定這樣的親密是否屬於她。

當跟想要的東西相隔千層，便無法將它只視為一塊蛋糕，會想要翻越、切開，會以為時間到來之後，那些東西就會靠近、會變得明朗而整齊。不過事實是，時間只會把真實人生帶到自己面前。只是當苦澀的心還包在千層的最裡面，對於千層之外的風景有著渴望的葉有慧，還不知道所謂真實人生，是那些她發生過的事，不是她想而未得的事。

04

擁有
但
不屬於

我覺得學長很愛妳。

陳寧醒來的時候太陽穴劇烈陣痛，她想伸手揉一揉，才發現自己的左手被壓在一個女人身下。陳寧是左撇子。她搖搖頭，一邊將模糊的視線對焦，一邊坐起身，想起來昨晚是朋友的婚前單身派對，幾十個人在飯店租了大房間，房間裡杯盤狼藉，沒有人躺在床上，大家四散在各個角落和沙發。陳寧憑著印象找到自己的包包，點開手機，迅速地滑著昨晚錯過的訊息，接著把手機收進包包。

沒有他的名字。昨晚陳寧還刻意跟他說，我會喝很多很多酒喔。她想要被擔心，就算這是一種粗糙的表現。粗糙來自於心底明知道這份愛是單向的，仍想要尋找任何一點點雙向的可能。顯然他不再擔心她了。陳寧眼神冷漠地拿起昨天裝冰塊的水壺灌了一口，冰塊早已經全部融化。愛過的痕跡也是。她穿過房間裡的小廳，走出房門，然後再拿起手機確認時間。心落不下來的時候，就算一次收到了很多訊息，仍會選擇性關注，幾秒前確認訊息的時候陳寧沒有看到顯示的時間：早上九點四十七分。

陳寧在飯店一樓招了一台計程車，手裡握著手機，一有新訊息時，她仍會翻開來看一眼，只是沒有那種熱切。心裡有數的時候，自己就是自己最難越過的坎。陳寧忽然才從計程車的後照鏡中看見花掉的眼線，昨晚她有哭嗎，如果昨晚哭過了，為什麼現在還是會想哭。她抽了抽鼻子，從鏡子裡別過和自己對望的視線，轉而看向車窗外，今天的陽光很好。

熱水壺的聲音讓陳寧回過神。

她在浴缸泡了好一陣子，把他最喜歡的香味全部倒進去。水已經冷了。一張大型雙人床放在房間正中間，她隨意裹了浴巾，將自己埋在被褥裡，被褥和濕潤的頭髮全部都被同一個氣味浸染。最後一次，今天用完就沒了，她大大地吸了幾口。陳寧不知道為什麼，人在過分幸福和過分傷心的時候，會有每一天都是同一天的幻覺，讓人輕易地忽略了那些細微的改變。

分手一個月多了，他那麼快就不愛了嗎。

邊桌上的手機傳來震動，陳寧伸手去拿，是一封簡訊：「學姊，好久不見，想問問妳今天有空嗎，方不方便碰個面？有東西想要還給妳。」現在竟然還有人傳簡訊，陳寧皺起眉頭，寄件人顯示著「葉有慧」，這個名字很眼熟，需要費點力才能想起對方的整張臉。是同一個大學的學妹，有一段時間她們算熟識。只是陳寧已經忘了有什麼東西落在她那裡。她將手機放回邊桌上。

我覺得學長很愛妳。

忽然，陳寧想起葉有慧說過的這句話。

「為什麼妳會這樣覺得？」當時陳寧反問。

「因為妳叫他自我介紹的時候，他看起來很害羞，但他還是有過來自我介紹。」葉有慧說。

「我不太懂妳的意思。」

「男生需要面子。」陳寧記得葉有慧這句話說得有點支支吾吾：「學姊那時候是……『叫』他自我介紹，比較……比較不是……嗯……『請』他自我介紹。」然後才淡淡地說：「學長把妳放在他的面子前面，我覺得學長是很愛妳的。」那時候陳寧看著表情認真的葉有慧，心裡忍不住甜甜的。

但是現在，就算把自己浸泡在甜甜的味道中，那些味道都無法穿過皮膚、把心裡的酸楚洗掉，酸楚只是變得更明顯。陳寧起身拿起手機，往廚房走去。她從冰箱乾淨的上層拿出一盒冰塊，在馬克杯裡裝了幾顆，再把熱水壺裡的熱水倒進馬克杯，冰塊「呲」一聲快速融在水裡。陳寧邊喝邊回覆簡訊：「好啊。」雖然後來和葉有慧漸行漸遠的原因她心底清楚，但此刻的她更迫切地想要看見他的影子。

、、、

葉有慧站在衣櫃前，直盯著那些工整的紙袋。

跟學姊見面，就和要跟智芬姑姑見面一樣，總有一種需要開門、走出去，但最後會發現自己只走到了對方門前而已的感覺，屋子裡的模樣就算能從她們的眼睛看進去，都仍覺得遙遠。每一次葉有慧都像是要遠行的人，對方只需要在他們的門口等她。她不排斥遠行，只是會倦於以為每靠近他們一點點，下一次路途就會縮短一點點，但只要仍是從原點出發——事實上原點永遠不會變，路途一樣迂迴。人是懶惰而聰明的，當能夠辨認相聚的意義慢慢小於迂迴的遙遙路途，就不會再有啟程的動力了。所以本來，葉有慧以為自己不會再見到學姊。

是因為那塊紅色的絨布。

從那張婚禮邀請卡開始，紅色的東西都讓她煩躁。

葉有慧的租屋處大門右側有一排小窗戶，窗戶上掛著一條與窗框大小並不吻合的紅色絨布，絨布幾乎長於窗戶快要兩倍，最上方以鉤針不規律地穿插、掛在原有的桿子上。這是葉有慧搬出來後住的第二個地方，紅色絨布是幾年前剛搬進來時，葉有慧先跟學姊借來充當窗簾用的，後來就一直掛在這裡，沒有還。除了一本美妝雜誌，葉有慧似乎沒有還過學姊什麼。

她仰頭盯著高於她許多的窗戶，拉了一張凳子，站上去，將絨布拆下來，絨布已經沒有任何當初的味道，上面的鉤針也已經生鏽。葉有慧卸下一個一個鉤針，再將絨布仔細對摺整齊，然後走進臥房，打開衣櫃剩下的那半扇門，拎出其中一個工整的紙袋，把裡面還未剪牌的衣服拿出來疊放在床上，再把剛剛摺好的紅色絨布放進紙袋裡。還給學姊的東西，不能用塑膠袋裝。葉有慧擅於區分好的東西與不好的東西，像是現在，她要和學姊見面了，她得穿上體面的衣服。學姊是一個好的人。

葉有慧把剛剛隨意套上的白色發皺襯衫脫下來。智芬姑姑給——不，應該是，葉智榮給的衣服，比起自己衣櫃裡的其他衣服，也許真的比較適合。葉有慧站在衣櫃前，盯著其他那些工整的紙袋好一會兒後，將床上凌亂的枕頭和被子推到牆邊，接著把紙袋裡的衣服全部都拿出來，攤在床上。這些高級的衣服和昨晚躺在這張床上的男子一樣陌生。她都能和陌生的人們做愛了，穿上這些陌生的衣服應該也不難。

葉有慧依照自己對學姊的印象，選了一件白色的短洋裝。她不想離學姊太遠。她的眉毛修得整齊，鼻影、眼影、腮紅、睫毛膏都用心妝點，還有粉色系的唇膏。葉有慧已經不是那個去高級餐廳會穿C牌帆布鞋的女孩，當站在別人身邊，她已經學會盡可能不成為突兀的負累。

台灣夏季的天色變化很快，早上的陽光一下子就不見了，午後雷陣雨讓淺灰色的柏油路瞬間變成鐵灰色，路面坑坑洞洞的凹陷處開始有了積水。凹陷處類似於一種疼痛：快樂的時候疼痛處會先覺得被安慰，遇到挫折或無奈的時候疼痛會先被戳得更疼。

葉有慧的小傘在雨中顯得單薄，她的瀏海在雨中一下子就變成長條狀。咖啡廳的大片木門上有一個小風鈴，葉有慧一推開門，風鈴就發出聲響，學姊已經坐在角落的位置，她輕輕抬頭，和葉有慧對上眼。葉有慧快步走上前，雖然一瞬間有一點認不出學姊。

「不好意思，我的頭髮有一點濕。」葉有慧坐下後，往上看了一眼自己的瀏海，並伸手去碰。她知道學姊會在意。木桌上因為學姊將菜單轉向葉有慧那一側而出現沙沙的聲音。「要不要喝點熱的？」學姊說：「我有點宿醉，只想喝熱牛奶。」葉有慧點點頭。對話沒有搭上。學姊沒有對瀏海的狀態說聲沒關係，於是葉有慧也沒有問，學姊妳為什麼宿醉呀，只是伸手指著菜單上的「蜂蜜拿鐵」。學姊比出OK的手勢。

「好幾年沒見了耶。」學姊邊說邊從包包裡掏出精緻的皮夾。葉有慧也往包包裡翻找自己的錢包。「我來就好。」學姊伸手做出制止的動作。「真的，我來就好。」學姊又說了一次。葉有慧看著學姊，她穿著一身由粉紅色、橘紅色拼接布製成的長洋裝，印象中的招牌長直髮變成了中捲髮，嘴巴上是高彩度的紅色，還有一條藍綠色的髮帶和金屬耳環，整體打扮得亮麗鮮明，跟印象中素雅的形象有著極大的反差。葉有慧看著學姊結完帳後走回窗邊的木桌區，她腳上的白布鞋，才讓葉有慧覺得稍微熟悉，雖然布鞋裡的襪子實在花俏。

「這個還妳。」葉有慧從大大的黑色側背包中拿出那個工整的紙袋，雖然紙袋有一點被摺到了。學姊接過紙袋，看見那條紅色絨布時，露出一個俏皮的笑容。當年就是這個笑容，讓葉有慧心甘情願地跟著學姊走了好一段路。

、、、

陳寧覺得很尷尬。

葉有慧還了一個如此不重要、她已經不需要的東西。

她現在需要的是他的氣息。

「妳還記得學長嗎？」服務生將蜂蜜拿鐵端過來時，陳寧對服務生比了比葉有慧的位置：「他也喜歡蜂蜜的味道。」

葉有慧點點頭，然後看了一眼咖啡杯上簡單的雕花：「我只是覺得很特別，我沒有喝過蜂蜜口味的拿鐵。」蜂蜜拿鐵不是咖啡廳裡常見的飲品嗎，陳寧沒有讓葉有慧發現她感受到的差異。她們之間的差異陳寧一直都知道。

無論葉有慧是沒有喝咖啡的習慣，還是沒有上咖啡廳的習慣，生活的差異儘管只是藏在小事裡，陳寧仍會興起歸類的心思。像是曾經有一次，葉有慧想要請陳寧教她畫眉毛，她看著葉有慧雜亂而未修整過的眉毛，一時之間不知道該如何是好，便隨意地岔開話題。也有一次，葉有慧問陳寧，學姊，去高級餐廳吃飯是不是都要穿洋裝啊；女生的正裝不一定是洋裝呀，穿得乾淨得體就好了，陳寧雖然這麼說，但她心底清楚自己沒有真的回答葉有慧的問題，所以她也沒有深究兩個人心裡認知的

「乾淨得體」是否一致。還有一次，葉有慧跟陳寧約早上要碰面，但一直到前一天晚上葉有慧都沒有回覆她確切的時間，隔天十一點左右，葉有慧才傳了訊息來說，學姊，妳到學校了嗎。原來不是每個女孩都知道該如何與自己的五官、自己所處的場域、自己的時間相處。這些是她和葉有慧漸行漸遠的原因。

「我們上個月分手了。」陳寧說。

「你們交往了好久。」葉有慧說。陳寧以為葉有慧會問她為什麼。但葉有慧沒有再說話。

「妳跟戴恩還住在一起嗎？」陳寧問。

葉有慧搖搖頭，然後喝了一口蜂蜜拿鐵：「好特別，蜂蜜和咖啡明明都溶在這個杯子裡，喝起來味道竟然是分開的。」陳寧露出淡淡的、沒有實際笑意的笑容：「為什麼呀？」先聊聊對方想聊的，也許對方等等就會願意陪自己聊我想聊的。不過葉有慧並沒有想要多聊戴恩，她隨意地看向相隔大約兩桌距離的陌生客人，他正抖著左腳，頭上有一頂棕橘色的漁夫帽，葉有慧的視線沒有停留很久，她將眼神移回眼前的咖啡杯，然後聳聳肩：「大概跟蜂蜜拿鐵一樣，從頭到尾都是各自獨立的吧。」

陳寧覺得獨立兩個字很刺耳。

我也是一個獨立的人。

陳寧想起最後一通電話裡他說的這句話。

鬧分手的那天晚上，他剛好回南部老家。你現在馬上搭高鐵來台北，我要見你，我要跟你好好談談，陳寧說。我不想搭高鐵，高鐵太貴了，他說。我出錢，你來，拜託你好不好，你現在回來，陳寧說。然後電話那頭的他開始啜泣，陳寧也開始哭。我搭客運，他說話時的鼻音變得明顯。你搭高鐵，我出錢，拜託你，陳寧又說了一次，拜託。她甚至不知道自己咬著牙根。他安靜了一會兒，妳不要再幫我出錢了，他說。為什麼，陳寧邊哭邊問，為什麼啊，我只是想要你過得快樂一點啊。我不想要妳一直幫我啊，他說，妳不要再幫我了好不好，我也是一個獨立的人。我不懂，陳寧說，我真的不懂。

葉有慧看見陳寧的眼眶逐漸泛紅，約莫是想起學長了。她遞上一張衛生紙：「學長應該是愛不起。」葉有慧說。陳寧接過衛生紙，露出有點聽不懂的表情。「學姊太好了。」葉有慧補充：「妳越好，他越容易覺得自己不夠好。」並認真地看著陳寧：「而且，愛是一面放大鏡，會放大所愛之人的優點，和自己的不足。就算他很愛妳，但是怕自己不夠好，就會不敢靠近。」說起話來已經沒有當年那個手足無措的學妹的樣子，陳寧感到有些詫異。葉有慧面無表情地盯著自己杯子裡的蜂蜜拿鐵，淡淡地又補了一句：「但好像也有這種時候，愛不起跟誰好不好無關，只是單純怕那份情感撐不起自己想像的和想要的模樣。」

陳寧低下頭。

「學姊，牛奶冷了不好喝。」葉有慧看了一眼陳寧眼前裝著牛奶的馬克杯。

「我宿醉是因為慶祝啦。」陳寧為自己解釋：「昨天我朋友辦單身派對。」深怕葉有慧不相信。葉有慧只是淡淡地點點頭。印象中的學姊，也不是一個會去派對的人。陳寧嘴唇上鮮豔的紅色很陌生，從那口嘴唇吐出的句子也很陌生，只有說起學長時的眼神是葉有慧熟悉的。

因為每當這個眼神出現時，葉有慧的心都會酸澀地、怦怦地跳。

、、、

葉有慧第一次見到陳寧的時候也是仰著頭。

跟早上仰起頭看向那塊紅色絨布一樣。

那是剛升大二沒多久的一個下午。社團辦公室在一棟舊式建築物的二樓和三樓，經過時常常能聽見合唱團在練唱，葉有慧幾乎每一次都會刻意放慢腳步，尤其在有陽光的午後，她需要那種微妙的平靜感。有一次葉有慧想找到最靠近聲音的牆面，她發現合唱團的教室在其中一側牆面的二樓，於是她就站在那裡聽。那是二〇〇八年，那天合唱團在練唱五月天剛發行的新歌〈你不是真正的快樂〉。她仰起頭，盯著窗戶看，跟音樂融在一起的時候有被保護的感覺。

然後有人喊了她：「學妹。」

葉有慧回過頭，是個一頭長直髮，表情恬靜的學姊。

學姊穿著修身的白色短洋裝，腳上踩著乾淨的白色帆布鞋，肩上背著咖啡色的皮質側背包。葉有慧下意識地想要跑開。「要不要上去聽？」學姊走近她，嘴上是淡粉紅的唇色，雙手指甲整齊有光澤，連笑容都乾淨得不可思議。「沒關係。」葉有慧說，雙腳微微地想要後退一步，因為她聞到學姊的衣服上有一股香味。

這個味道她聞過零星幾次，知道是來自某一個牌子的洗衣精，但到底是哪一個牌子始終不確定。葉有慧第一次聞到，是在陳心媛身上。陳心媛從來不認識她，但她認識陳心媛。她為她偷過原子筆。因為有一次下課她不小心聽到陳心媛說，便利商店裡的原子筆有貓咪的圖案好可愛喔。但是葉有慧那一個禮拜的零用錢（五十塊）已經拿去買零食了，她不想等到下一個禮拜。

學姊走向她，就像陳心媛走向她。

「我也是合唱團的。」學姊說：「我可以帶妳去偷偷聽喔。」然後露出俏皮的笑容，葉有慧被這個笑容拉回來，她看著學姊身後因為陽光穿透不了而出現的美麗樹影，決定跟著這個陌生的學姊走。

二樓長長的走廊兩側都是社團辦公室，走廊上堆積著不同社團的雜物，合唱團的教室在中間，門口有一張長木椅，學姊指的偷偷聽，原來是坐在這張教室外的長木椅上：「沒有被他們看到就算是偷偷啦。」學姊一臉自在地先坐下：「妳好像很常來聽我們唱歌，下一次妳可以自己上來這裡。」一邊指了指自己旁邊的位置。木椅旁邊是一疊樂譜和一些美妝雜誌。「我有時候想偷懶，就會在這裡看樂譜或這些雜誌。」學姊敏銳地看到葉有慧的眼睛飄向那些書籍，隨手拿起一本雜誌。「女生都愛美嘛。」然後遞了一本給她：「這本如果妳喜歡就拿回去，反正都是我帶來的。」葉有慧接過雜誌，靜靜地翻著，上面有一些日文，她看不懂，只覺得離歌聲更近了一點，卻又不打擾到歌聲，這樣的距離很舒服。

一週後葉有慧再次在這棟舊式建築物前面停下，不過今天沒有練唱的歌聲。她手裡拿著那本日系美妝雜誌，小心翼翼踏上水泥階梯，她走到合唱團的教室外，將手上的那本雜誌放到那疊美妝雜誌的最上面，接著從酒紅色木門上布滿灰塵的玻璃窗往裡面看，有一群女生圍著學姊。學姊站在最前面，旁邊的高腳椅上坐著一個女同學，女同學閉著眼睛，瀏海被夾起，學姊拿著一支不知道什麼筆在她的眉毛上畫呀畫。原來沒有練團，是因為學姊在教大家化妝。學姊抬頭時剛好跟葉有慧對到眼。學姊露出笑容，葉有慧知道是向著她的，還有那句唇語：等我一下。有些女生因此往門外看，葉有慧縮了縮身子避開目光，接著才在門外的長木椅坐下。

她有時候會聽見女同學們的笑鬧聲，有時候會聽見學姊認真地在跟大家解說妝感和眉型。偷偷聽著學姊說話，但又不打擾到學姊，這樣的距離就像在聽好聽的音樂，一樣很舒服。聽著聽著，大概是忍不住想要更靠近的心思，葉有慧起身走去廁所，在女廁裡小小的鏡子前看自己看了好一會兒，她伸手摸了摸眉毛，再摸到乾澀的嘴唇，葉有慧想起上次見到學姊時她的嘴巴上有淡粉紅的唇色。那是女生應該要有的模樣嗎。

教學結束後，女同學們紛紛離去，學姊跟著走出來，葉有慧挪了挪身子，空出一個位置想讓她坐下。學姊沒有坐下。葉有慧露出認真的表情：「學姊，妳覺得我的眉毛要怎麼畫？」學姊看起來有點驚訝，先是愣了愣，然後忍不住笑了出來：「妳等我一下。」她走進教室，葉有慧以為學姊要去拿那支畫眉毛的筆，結果只是去拿她的包包，然後將教室的燈關上。走廊因午後的日光而明亮著，學姊這才緩緩坐下。

「妳想成為什麼樣的人呢？」學姊將身子轉向葉有慧，雙手交疊地放在自己的包包上。從來沒有人問過她這個問題。葉有慧一時怔住，她眨了眨眼，隨意地說了一句：「好看的人……吧。」

「那，是哪一種好看的人？」學姊的笑容沒有淡去：「好看的人也分很多種，妳想成為哪一種呢？」葉有慧沒有說話，她忽然覺得自己很像問錯問題的孩子。「得先知道自己想要長成什麼模樣，才會知道要從哪裡進行調整。」學姊邊說邊站了起來：「要不要去吃東西？」葉有慧搖搖頭。「沒關係。」學姊說。葉有慧也站起身，示意自己要離開了。

「那，下次見。」學姊對她揮了揮手。

「掰掰。」葉有慧說。她沒有提起手做道別的動作，只是趕緊轉過身去，然後快步離開。離開的時候是傍晚，陽光已經偏斜許多。葉有慧越走越快、越走越快，她感覺到胸腔有一股酸澀感，然後在經過校園的某一排行道樹時，隨著日落掉進遙遠的海裡，她的眼淚落在外套的領口上。領口不如海那樣遙遠，每一次墜落都又回到自己身上。

都延遲了。那些女生為什麼會知道自己想要怎麼樣的妝容呢，所有的女生都知道嗎，是她們的媽媽教她們的嗎。延遲就是一種錯過。女人除了沒有在一開始就告訴她「妳是誰」以外，也沒有問過她「妳想成為什麼樣的人」。

葉有慧無法停止腳步，她害怕停下來，停下來就會將自己未曾擁有過的事物看得太清楚。

、、、

「我想成為像學長那樣的人。」陳寧走在葉有慧的右側，手上抱著一綑紅色絨布，嘴裡喃喃地說著。葉有慧知道學長是學姊的男朋友。

有一次剛好是社團課結束的時間，她經過那棟舊式建築，看到一個個子不高的男生站在一旁，看起來像在等人。合唱團的團員們從大樓裡走出來，男生將手機收進口袋，本來要走過去，但看到有一大群人，又停下腳步。然後她看見陳寧學姊看向這裡，葉有慧本來要打招呼，沒想到陳寧喊了一聲：「許少傑，你過來啦！」原來不是要喊自己。男生看起來有點躊躇。陳寧又補了一句：「快點過來跟大家自我介紹！」然後他才緩緩地走過去，雙頰微微地泛紅。這是葉有慧對學長最清楚的印象，因為在知道學姊有男朋友之後，她就開始若有似無地避開學姊。甚至不再坐在合唱團教室外的長木椅上。

除了今天，她站在一樓的牆邊偷聽被學姊碰到。學姊問她最近還好嗎，她隨意地說著自己剛搬進一個舊公寓的六樓，那是間頂樓加蓋，夏天太陽會直曬，房東沒有附窗簾。陳寧說合唱團裡有一些辦活動時才需要用的布，但一次也不需要這麼多，有多一些，可以先借給葉有慧。陳寧讓葉有慧在原地等她，三十分鐘後陳寧不知道從哪裡回來，除了胸前抱著一綑紅色的絨布，手裡還多提了一個小塑膠袋。

葉有慧帶著學姊穿過校園，走向她新搬進去的巷子。

「學長是怎麼樣的人啊？」葉有慧問。

「他總是能看見事情的本質。」陳寧說：「雖然我媽不喜歡他。」

葉有慧看著陳寧漂亮的側臉，當她聽到「媽」這個字的時候，總是會先想起女人，而不是那張便利貼上面寫著的「李美如」。母親這個角色是透過血緣而建立，還是透過生活的實際重疊呢。

到舊公寓後，葉有慧跟陳寧說，學姊妳不用上來沒關係，裡面還沒有整理好。陳寧說，沒關係，掛窗簾兩個人一起比較方便。於是葉有慧又領著陳寧走上窄窄的水泥階梯，每經過一個樓間，就會有一扇窗戶，窗戶外面能直接看到對面的巷子，一直到四樓的時候樓梯間才開始有陽光。

葉有慧從陳寧手中接過紅色絨布，紅色絨布因為剛剛被學姊抱著，有學姊的味道。

跟誰擁抱過，身上就會有他的味道，真幸福。

陳寧從塑膠袋裡拿出剛剛買的全新鉤針：「我猜妳沒想到要準備這

個。」然後一邊觀察小套房裡被太陽直曬的那面窗戶：「好幸運，太陽找得到妳。」學姊的笑容好漂亮，葉有慧在心裡低喃。學姊不在意還沒整理好的空間，就算有一堆紙箱、雜物，她也願意專心測量著鉤針需要的寬度：「雖然絨布和窗戶的大小不太一樣，但應該可以將就著用。」學姊說。

葉有慧也露出笑容。

直到陳寧指著雜亂紙箱中的衣物說：「欸，我剛剛看到那裡有幾件男生的襯衫欸。」她眼神曖昧地看著葉有慧：「男朋友喔？」葉有慧的笑容一下子退去，漲上來的是耳根上的紅，還好耳朵被頭髮遮住了。

「不是。」葉有慧眼神堅定地看著陳寧。

內心深切地懇請學姊千萬、千萬不能誤會。

、、、

到底是身在其中的人能夠看得比較仔細，還是保持一點距離的人能夠看得比較清楚呢。俯瞰山路時會知道哪裡是岔路、哪裡有溪湖，可是看不到登山者為了一株花、一滴露動容的表情。有些人要的是窺見掌紋裡的因果，而有些人要的是一眼一瞬間的悸動。

果然如學姊所說，學長能夠看到事情的本質。葉有慧心想。所以才會選擇離開。葉有慧不知道這些年陳寧發生了什麼事，就像，當陳寧說出「妳的眉毛畫得好好看」的時候，陳寧也不會知道她從哪裡學會了包裝自己的技巧。陳寧沒有變得更好或更壞，只是變得陌生。但光是陌生，就讓葉有慧覺得自己身上的白色洋裝是一件錯的衣服。那明明已經是衣櫃裡最貴的衣服了。

葉有慧注意到，陳寧的口紅似乎不會黏在杯子上。她的白色馬克杯上沒有任何唇印。葉有慧盯著那個白色的馬克杯，那才是她認識的學姊。還好口紅沒有印在上面。後來的時光若有口，當它將唇湊近，誰曉得曾經的美好印象會被吃掉還是被親吻。葉有慧忽然覺得，有時候，曾經的美好印象應該被「再也不見」保存起來，這樣也許就不會有那種，無論如何我都追不上妳的感覺。或是，我明明也奔跑著、我也努力地從迷惘與困惑中活了下來，怎麼迎來的會是美好印象的死亡。

陳寧意識到靠近葉有慧也無法獲得她想要的氣息，反而是毫無交集的這些年衍生出了更巨大的分歧。她潦草地帶過話題，說自己還有事，要先走了。分別時葉有慧和陳寧站在咖啡廳門口。葉有慧說她要搭公車。陳寧說，好，我還要去其他地方。於是兩個人各自往反方向走。

一會兒後，葉有慧想到，也許走到前一個公車站會比較少人，快到下班時間了，她不想要擠在人群裡，於是她折返回來，看見陳寧走在她前面，她們隔著一段很剛好的距離，陳寧手上拎著她今天早上騰出的工整紙袋。走著走著，巷口的轉角有一個橘色大垃圾桶，裡面套著黑色大型垃圾袋，葉有慧看見陳寧將那個紙袋隨手丟進垃圾桶裡。她看不見陳寧的表情。葉有慧的心縮了一下，她將腳步放慢，不確定自己是不是要繼續跟著陳寧走完這條路。

有些東西太晚還的時候，那個人就不需要了。

生活中不是很多這種事嗎，別人借了你一把傘，但你沒有還，無傷大雅之下，下一個雨天他會再去買一把，你擁有那把傘，但那把傘不屬於你；也像是有些人會覺得，我擁有這些同學、但我好像不屬於他們。也像是，葉有慧擁有陌生葉家的血液，但她不屬於那一個葉家。能借出去而不被要求歸還的東西，在一開始就沒有重要到非誰不可吧，所以在未歸還的空檔裡，時間會自動地為每個人的缺口補上其他東西，而這些東西正印證著人們持續運轉且不可逆的人生。

葉有慧在某個岔路轉了彎。

她拿出手機，在地圖的搜尋欄處打上「麗芬婚紗」，是稍早出門時在網路上查到的廉價婚紗店。這大概才是她應該要去的地方。這一刻她才想起來，陳寧學姊身上仍有跟陳心媛一樣的味道，她們是一樣的、跟自己不一樣的人。

陳心媛再見。學姊再見。

意思不是再也不見，而是如果有緣再碰面，她不會再是這個她了。

葉有慧知道，下一次站在窗邊仰起頭，她不會再看見那塊紅色的絨布。

05

深情之初

我甚至是個壞掉的磚，
蓋不成一個家。

便利商店裡的廣播正在播蔡健雅的〈空白格[2]〉。

戴恩走進店裡，穿著一身整齊的高級西裝，西裝外套掛在左手上，右手拎著皮質公事包，晚上十一點多，夜班的店員在補貨。需要什麼嗎，店員說。我要取貨，戴恩說。紙盒小小的，裡面是兩條品牌護手霜。往前再走一個街區，是從他大學離家前就開始整修，到現在大學畢業好幾年了，仍沒有修好的一條路。戴恩的母親在路邊有一個賣紅茶的小攤子。他走上前，母親剛洗完今天的紅茶鍋。「還好現在不是冬天。」她說。

戴恩作勢要將公事包放在小攤子上，母親趕緊制止：「這裡很髒。」

「沒差啦。」戴恩說，然後把西裝外套也一起放上去，接著將紙盒打開，護手霜遞給母親。母親伸手要接，戴恩看著她接過的手長滿了繭、還有一些破皮，又拿了過來：「我幫妳吧。」

「以後不用花錢買這個。」母親看著自己的手：「這個不會好了。」

「妳不是喜歡這個味道嗎。」戴恩說。

「是你還在想她吧。」母親收回手，做出類似洗手的動作，將乳霜塗抹均勻。戴恩沒有說話。母親嘆了一口氣：「你這次待幾天？」她知道兒子這次是剛好到家鄉出差，才會回來住一晚。

「明天早上的高鐵。」戴恩說。

「早點休息。」母親拍了拍戴恩的手。戴恩跟在母親身後走進小攤

2 蔡健雅音樂作品〈空白格〉，收錄於專輯《Goodbye & Hello》，二〇〇七年十月發行。

子後面的平房，他們住在二樓，戴恩的房間在最裡面。

他隨意地躺在床上。

如果三年前他沒有問出那句唐突的話，也許他們就不會變成今天這樣。戴恩閉上眼睛但是沒有睡著。不知道是不是離家太久，熟悉的空間也變得陌生，讓自己無法全然安心地去想一件事。

他把手伸到自己的鼻子前，護手霜的香氣一直沒有散去。

、、、

那句話是：「欸，葉有慧，妳有做過……嗎？」

「做過什麼？」葉有慧皺眉。兩個人分別窩在沙發的一角，沒有任何肢體接觸，電視正播著無聊的談話性節目。那是一個冬末，春天還沒有來，氣溫是舒服的二十度左右。

「愛……」戴恩說。面紅耳赤。

「蛤？」葉有慧意識到戴恩的意思後，迅速拿起一個長滿毛球的抱枕丟向他：「你有毛病？」然後起身走回房間，一會兒後又走出來，對他吼了一句：「你今天睡沙發！」在那之後，戴恩就一直睡在客廳的沙發上，直到一個月後搬離。那是他們住在一起的第二年。

他們沒有在一起。

戴恩在二十三歲時遇見十九歲的葉有慧。當時葉有慧為了負擔自己的生活費，在學校附近的複合式麵包店打工，麵包店內有提供室內用餐的座椅空間，主要的工作內容就是送餐點、結帳、清洗餐具等瑣事。葉有慧做事不算特別認真，但也沒什麼小聰明。戴恩則是正職員工，理著乾淨的平頭，單眼皮，鼻子尖尖的，笑起來有虎牙，一臉靦腆，總是穿黑色或卡其色的T恤。

「因為這樣就不用一直想要穿什麼了。」戴恩這樣解釋過。

「所以你是一個懶惰的人嗎？」葉有慧問。

「不知道。」戴恩聳聳肩：「但我不喜歡麻煩的事。」

「沒有人喜歡麻煩的事。」葉有慧邊說邊將托盤上用過的餐具分類放進洗碗槽：「但麻煩的事總要有人承擔。」接著她戴上手套，準備開始清洗。戴恩伸手拍了拍葉有慧的肩膀，露出笑容：「那，要不要輪流承擔？」示意餐具讓他來清洗。

葉有慧心裡知道，他們之間有著什麼，不是友情也不是愛情。

於是某一個簡單的午後，葉有慧口吻平常地問戴恩，我在找新房子，要不要一起住。戴恩聳了聳肩說，可以啊。他們乾淨得像是繁複森林裡最清澈的一條河，河上的小舟載著相似的傷痕，儘管葉有慧並不清楚戴恩的過去，但至少她知道，起風時，戴恩也會在同一葉小舟上。葉有慧有一種感覺，看著戴恩，自己就不會落單。

戴恩以為他們之間還有更多。

他們住在一起後，某一次戴恩看葉有慧抹護手霜看了好一會兒。葉有慧問，怎麼了。戴恩反問，那個好用嗎。葉有慧說，不確定，但開始在麵包店打工後，因為常洗餐具，我覺得自己的手變粗糙了，想要保養一下，你要試試看嗎。戴恩在自己的手上塗了一點，然後問，這很貴嗎。葉有慧說，還好，開架的，怎麼了。我想幫我媽買一條，戴恩說。

那年冬天，戴恩生日的時候，葉有慧送給戴恩一條品牌護手霜：「我存很久的錢喔。」附上一張卡片，寫著一行字：「謝謝你的媽媽生下了你，我才能夠遇見你。」生日禮物是送給戴恩的，也是送給他母親的。戴恩看著卡片紅了眼眶：「第一次收到生日禮物是送給我媽的。」然後破涕為笑，他心底的不確定感一點一點清晰起來，原來葉有慧一直記著這件事。母親說她很喜歡那個味道，後來戴恩每到生日，就會送母親一條，再後來，他的生活比較寬裕了，只要回家，就會帶幾條回去。

戴恩從來沒有問過葉有慧：妳喜歡我嗎、我們是什麼關係、我們要不要在一起。他不想破壞這份平衡，因為他害怕這才是平衡，因為他知道，葉有慧沒有什麼朋友，除了學姊。戴恩有時候會有細小的感覺，有沒有可能，葉有慧喜歡的其實是學姊。但是人總看不見其他人的相處細節，每個人心裡都對於在乎的人有著極其私密的詮釋和感受，越私密就越洶湧，越洶湧就越謹慎，不能讓這些從眼睛溢出、從口裡溢出，必須保持平衡的站姿，才能繼續並肩而走。

、、、

事實上葉有慧並沒有一直記著這件事。

那是一個下大雨的週末，早上起床時葉有慧的眼皮一直跳。她與戴恩睡在同一個房間裡，兩張單人床，靠著左右兩側的牆壁。醒來時戴恩已經出門了，他今天上全天班，葉有慧則是上晚班。她傳了訊息給戴恩：「我眼皮一直跳。」戴恩回她：「桌上有蛋餅。」葉有慧將蛋餅放進微波爐加熱，吃完後才出門。

直覺帶來的結果有時候就像是莫非定律。

那天下午，葉有慧第一次見到生父葉智榮。

大雨讓來客率變高許多，麵包店在學校附近，學生們會跑進店裡躲雨，順便買個小點心或點杯咖啡。人群讓葉有慧感到煩躁，她拿著泡好的飲料走向客人，有點心不在焉，不過落地窗外出現的四個人影讓她回了神。她先認出智芬姑姑，其他三個是她沒有見過的人，兩個女人、一個男人。他們長得很像。葉有慧直覺那個男人就是葉智榮。他們走進麵包店。葉有慧怔了怔，把冷飲送到客人桌上後，立刻走回廚房，明顯刻意地避著他們。

不過越想要迴避，除了雙眼前方以外的所有餘光，越容易被不願意直視的場景填滿。葉有慧知道，他們在看她。那三個女人五官相似得幾乎就是姊妹。葉家原來是一個大家庭嗎，有三個姊妹、一個男生的家庭，所以，大家都知道她的存在嗎。一想到這裡，葉有慧端著盤子的手就會忍不住因為顫抖而將盤緣抓得更緊。

終於，雨漸漸停了以後，智芬姑姑朝葉有慧走來：「有慧。」她喊了一聲。葉有慧抬頭看向智芬姑姑，同時看見她身後的葉智榮，還有葉智榮身後的時鐘，顯示著下午四點二十二分。避不開了。

「他是妳爸爸。」智芬姑姑說。我根本沒有看過他，葉有慧在心裡低喃。葉智榮的表情很彆扭，眉頭皺得很緊，想要好好地看看她長什麼樣子，又不敢直視。和葉有慧一樣。

「沒事的，我們來看看妳而已，準備要走了，跟妳打聲招呼。」智芬姑姑的笑容還是那麼優雅：「另外兩個是妳的二姑姑和小姑姑。」葉有慧沒有直接轉頭望，她用餘光看向門邊的桌子，她們陌生得宛如下次再見面也不會認出來的路人。

「垃圾車要來了喔葉有慧！」戴恩在她身後喊道：「快點過來！」

葉有慧低下頭，沒有說再見，小跑步跑進廚房。

那天晚上葉有慧告訴戴恩，誰是智芬姑姑，誰是葉智榮。她不曾向他人說出口的話，好像都能夠告訴戴恩。

適當的親暱讓人心安，有些坑洞甚至會有暫時被填補的感覺。葉有慧是在那樣的時刻想到的，戴恩的生日要到了，該送什麼給他呢。葉有慧不是一個對生日特別有感的人，從前女人和男人也會為她過生日，比起慶祝，收到的禮物通常就只是日常生活中會需要用到的東西，生日像是標籤，撕掉就沒了，物件繼續存在日常裡。於是葉有慧習慣性地往

「戴恩需要什麼」去思考。最後葉有慧將自己的需要和戴恩的需要做交換——她將原本存著要去買新窗簾的錢，拿去買了護手霜。而且，葉有慧想著，跟學姊借來暫時替代用的紅色絨布就可以再晚一點還了，她其實不想要跟學姊之間的這一份連結這麼快就結束。她那時候還不知道這一個交換會把紅色絨布換進路邊的垃圾桶裡。

戴恩收到的時候很高興，她也很高興。雖然葉有慧沒有再買過那個牌子的護手霜，對她來說實在是太貴了。

、、、

同居生活對戴恩來說，有許多不方便，但是因為喜歡的心意更強烈，所以他裝得無所謂，直到喜歡也變成一種不方便。

那是個深冬，葉有慧說她要跟生父葉智榮見面了，不想穿得太隨興，但又不知道該穿什麼好。葉有慧心裡想著陳寧學姊曾經穿過的一件淺色小洋裝，陳寧學姊穿起來很好看，不知道那適不適合自己。戴恩約了她下班一起去夜市逛逛。當時戴恩除了麵包店的正職工作以外，有時候也會去附近的社區大學打工，那天兩個工作都結束後已經過了晚餐時間，約莫八點，葉有慧站在夜市口等著要從社區大學趕過來的戴恩。戴恩遲到了。葉有慧打了通電話給戴恩，手機裡響著那首來電答鈴，是她已經聽得很習慣、一直沒有換的阿桑的〈寂寞在唱歌[3]〉。戴恩沒有接電話。葉有慧反覆地聽，然後掛掉，跟著音樂隨口哼了兩句，你聽寂寞

3 阿桑音樂作品〈寂寞在唱歌〉，二〇〇五年二月發行。

在唱歌，溫柔的，瘋狂的，悲傷越來越深刻，怎樣才能夠讓它停呢。這些日子裡有著戴恩，葉有慧心裡暖暖的。不知道戴恩為什麼要選這首歌當作來電答鈴。

「有個老師在跟我講話。」戴恩匆匆趕來時口裡含著歉意，還沒走到葉有慧面前就先把這句話說完了。葉有慧揮了揮手，表示沒關係。走吧，她說。

以往他們在夜市裡走，都是去吃一間五十元有找的油飯配大腸麵線，或是兩個人吃一份牛肉炒飯，夏天就喝一杯十五元的西瓜汁，天冷的話就喝一碗豬肝湯。所有都是兩個人分一份。不過這次他們在夜市口就停下來，夜市口有一間服飾批發，每次都會經過，黑色的塑膠衣桿立在外頭，一桿一桿的上面夾著麥克筆寫著的「此桿 100」、「最新韓服」等等。這天很冷，葉有慧迅速地竄進室內，夏天經過時會覺得涼涼的冷氣變成了暖氣，鐵捲門的正上方多了一條紅底白字的長布條，上面寫著「清倉大拍賣　全面五折起」。戴恩說，他在這附近住了好幾年，從未看過這間店掛出這樣的布條，會不會是金融海嘯帶來的影響。金融海嘯會吹進小小的夜市嗎，葉有慧皺起眉，說出這句話時還不懂得這句話的意思。

戴恩看葉有慧漫無目的地走來走去，但是一直走回洋裝區，看出了她的心思。妳好像很少穿洋裝，戴恩說，不如就買洋裝吧。女生的正裝不一定是洋裝喔，葉有慧說，學著陳寧學姊的口吻，不可以有這種刻板印象。戴恩噘了噘嘴，沒有回應。不過我確實沒什麼洋裝，挑一件好了，葉有慧說，一邊伸手去翻找類似陳寧學姊穿過的款式，心裡甜甜的。最後她挑了二件。

更衣室的門是帶有污漬的米白色，門上的卡榫和牆上的對口已經有點對不齊，需要用一點力才能將門上鎖。門的外側是一面大鏡子，換好衣服後要走出來才看得到自己換裝過後的模樣，門片的部分只做了中間三分之二，最上面和最下面是空的，可以直接看進去裡面的人穿著襪子或赤裸的腳踝。戴恩站在外面，戴著耳機聽MP3裡的音樂，那時候還不知道未來的手機可以同時有品質地兼顧聽音樂、拍照、錄影甚至是上網的功能。如果這一刻發生在十年後，戴恩也許就不會那麼專心地看著更衣室裡葉有慧的腳踝。十年後有許多東西可以分散注意力。

葉有慧脫下的褲子掉落在地面上，戴恩壓根忘記現在音樂播到那一首，他只知道，他明明每天都看得見葉有慧的腳踝，但褲子掉落、遮住腳踝的那一瞬間，他的耳根發著熱。年輕時的慾望通常不是向父母學習，而是向自己喜歡的人。戴恩試著想要別過頭，但是沒有辦法。他的眼睛似乎能夠看穿那件被脫掉的褲子，直視葉有慧赤裸的腳踝，就像看穿了這扇門。

「妳好了嗎？」戴恩試圖冷靜，同時聽見自己有點沙啞的嗓音。

「快好了。」葉有慧回應道。

葉有慧走出來的時候，發現戴恩在抖他的左腳。那是戴恩緊張的時候會有的慣性動作。「你幹麼？」葉有慧說。戴恩搖搖頭，看向旁邊故作嗆到的咳了幾聲：「好像有點著涼。」他說。「你冷也會抖腳喔？」葉有慧戲謔地說：「男抖窮女抖賤喔。」戴恩臉頰漲紅地又咳了幾聲，才緩下來：「這件不好看，妳再去換一件。」他並沒有認真打量葉有慧。葉有慧聳聳肩，站在鏡子前看了看自己，她的身型纖瘦，跟陳寧學姊差不多，學姊只比她高一點，葉有慧側身看了看，然後走進更衣室。

那天葉有慧買了試穿的第二件，她沒有試穿到第三件，因為第二件就很喜歡了，而且葉有慧看到鏡子裡戴恩的表情，戴恩很認真地凝視著自己，然後輕輕點點頭。

不知道親密是不是有一個至高點，維持親密需要建立於彼此想要的、能給的是同一種東西。如果世間萬物在親密裡也有分類的話。否則從陌生走到最親密，而在最親密之後，是不是必得漸漸地走向另外一種陌生。多年後葉有慧會在另外一面鏡子前想起這一刻，這一刻就是那個至高點。因為幾個月後，戴恩忽然問了那個問題，葉有慧於是隱隱知道，他們對彼此的愛是不一樣的愛。

一份情感是兩個人在感應。就算沒有進行確認。葉有慧不想失去戴恩，所以戴恩決定要搬走那天，她帶點阻遏地嚴肅說道：「你最好不要喜歡我。」

「我沒有喜歡妳啊。」戴恩淡淡地說：「我搬走又不是因為妳。」一邊將雜物收進紙箱。

「我知道。」葉有慧點點頭，心裡卻有種不踏實的感覺。獲得的事實並不是事實，但又不能再獲得更多了。她將雙手盤在胸前，身體倚在牆邊：「好吧，其實，」眼神定定地看著戴恩：「你有沒有喜歡我，我都沒差。」

「我知道。」戴恩也點點頭，沒有看向葉有慧。

葉有慧沒有再回應。她將身體離開倚著的牆，像離開已經不能依賴的人。然後拿了鑰匙，逕自打開門、下樓。戴恩聽見一樓鐵門關起的聲音，大約十分多鐘後又聽見鐵門被打開。葉有慧回來的時候手上拿著一瓶紅酒，大概是去巷子後面的小賣場買的。她走進廚房拿出家裡僅有的兩個廉價高腳杯：「我們每次都用這個喝葡萄汁，假裝在高級餐廳吃飯。要裝也裝得像一點，今天就喝紅酒吧。」葉有慧說。

戴恩聳聳肩，他沒有抖左腳，葉有慧仔細地觀察著。到底是什麼意思，在意還是不在意，不可能不在意的話，又是哪一種在意。但她沒有問。葉有慧將一杯紅酒遞給戴恩，然後提手舉起酒杯：「Cheers！」戴恩接過酒杯，兩個酒杯輕碰，聲音短暫而清脆。像兩顆心輕碰，自己的課題仍要自己吞下：「Cheers.」戴恩說，然後將紅酒一口喝完。

葉有慧優雅地看著眼前的廉價高腳杯，裡面裝著劣等的紅酒，她覺得像極了自己好看的身體裝著劣質的靈魂。人難免都有需要假裝的時候。她看了戴恩一眼，他已經不是那個在同一葉小舟上的戴恩。葉有慧晃了晃酒杯，然後也一口氣喝完剩下的三分之一杯，杯緣上還殘留著她買的開架式口紅。

清澈的河水在下過雨後也會變得混濁，沒有人知道雨水會為一條無名的小河帶來什麼，就算會再明朗起來，就算人們擁有時間和陽光，發生過的事情仍然無法抹去，說出口的話仍然不能收回。現在葉有慧看向戴恩的時候，心裡會疼。因為就像她看向任何一個別人一樣，都有了落單的感覺。

、、、

「你覺得我要去參加我爸的婚禮嗎？」

戴恩沖了簡單的冷水澡，裸著上身走出浴室，打開手機裡那句不到十分鐘前傳來的訊息。他一大早就搭上高鐵，現在已經回到台北的租屋處，鬧區捷運站旁的大廈，十三樓，一間月租金一萬八千元的大套房，整體乾淨明亮，簡約的北歐風設計。昨天明明是回家，這裡卻比較舒適。戴恩不喜歡這種比較，但是當他躺在床上，想起家裡有著骯髒污漬的天花板，他騙不了自己，這個不便宜的小房間確實讓他更為放鬆。

「我晚上有空。」戴恩回覆。翻了個身，他再傳出一則：「可以講電話。」接著跟老闆請了假。戴恩想見葉有慧，但不想要太靠近。他還記得她的聲音。「我昨天在網路上看到一句話，唸給你聽：若你來了，別急著留下，還有更遠的地方，別急著回頭，我不是最好的人。我甚至是個壞掉的磚，蓋不成一個家。不覺得寫得很好嗎。」還住在一起的某天晚上，葉有慧窩在客廳裡唸著網路上的句子。不過戴恩並不認同，他不相信房子裡的每一塊磚都是完美的。

戴恩換上白色T恤和一件修身的牛仔褲，帶了皮夾就出門。相比起十三樓的安靜，電梯抵達一樓，門打開的時候有一陣城市的吵雜聲。他招了一輛計程車。如果葉有慧還住在六樓，距離戴恩租的套房車程大約二十到三十分鐘。已經過了上班的顛峰時間，也許只需要二十分鐘。計程車在巷口停下，戴恩走進巷子，一個穿著花襯衫的男子匆匆地打開他熟悉的那間公寓大門。男子朝他的反方向離開，他還是能聞到男子身上很濃的陌生香水味。

「你奶油沒吃完啦！」一個響亮的罵聲從公寓樓上傳來，戴恩還沒有抬頭就知道，是葉有慧。他看見男子驚慌地抬頭，然後加快腳步離開巷子。戴恩大概只看到葉有慧三秒，不過距離太遠，看不清楚。戴恩盯著六樓的窗戶好一會兒，那塊尺寸不合的窗簾仍在那裡，那甚至稱不上是窗簾，只是葉有慧跟合唱團的學姊借的一塊紅色絨布而已。算一算，葉有慧住在那裡有四、五年了，一直都沒有換。葉有慧是真的喜歡學姊吧。

戴恩走到巷子口，站在那裡好一會兒。陽光很大，巷口的大樹仍和許多年前一樣有著遮蔭，這裡的街區原本就很舊，過了幾年，其實看不出太大的變化。新人變舊人的過程只有一次，那次之後，舊人就永遠都是舊人了。若有所惋惜，也只是重複惋惜，而身上所有新長出來的東西，都只是加深著惋惜。

這是舊人的眼睛，只要看過一眼，就無法改變。

過了一會兒，戴恩看見窗邊的布被葉有慧卸下來，這勾起了戴恩的好奇，他認真地盯著那扇窗。大約二十分鐘後，葉有慧打開公寓的門，身上穿著一件白色的短洋裝，手裡提著一個眼熟的紙袋，戴恩認出那是葉有慧一直放在衣櫃裡的袋子，不過袋緣露出的是那塊紅色絨布，他忍不住跟上去，為了避免被葉有慧發現，他隨手撿了地上一頂棕橘色的漁夫帽。戴恩看見葉有慧邊走邊將那個紙袋收進她大大的黑色側背包裡。

戴恩坐在咖啡廳裡，看到葉有慧跟一個女生見面，葉有慧將紙袋往前遞，他才知道那個人是學姊。戴恩沒有看過學姊，所以他從學姊的口裡聽見自己的名字時，不自覺焦躁地抖著左腳。葉有慧有跟學姊聊過自己嗎。戴恩認真地想聽見葉有慧說了什麼。心裡在意一個人，就會連帶地在意他看待自己的眼光。不過戴恩只聽到那句：大概跟蜂蜜拿鐵一樣，從頭到尾都是各自獨立的吧。

戴恩抖著的腳停了下來。不敢確認的事情，在這句話裡似乎得到了印證。可是又怎麼樣呢，雖然想要心裡的石頭放下，但是如果，它在空中就碎掉了，那算是放下嗎，懸宕著的事情確實消失不見，卻需要重新整理房間，因為都是粉末，好像，更難整理了。戴恩伸手壓低帽緣。直到他看見學姊將那個紙袋丟進轉角的大垃圾桶，葉有慧稍微地停下腳步，戴恩也跟著停下腳步，他才驚覺，就算有所遮掩，能夠被遮掩的也只有自己的臉，只要她心裡一皺，他仍會沒有任何猶豫地就來到她身邊。雖然不是她面前。單向的真心實在太脆弱。

、、、

「你今天沒上班嗎？」葉有慧半躺地仰在咖啡色破皮的沙發上，電話開著擴音放在沙發背上。電話接通後，她隨意地閒聊，假裝沒什麼事情值得他們尷尬，一手順勢抓起一個抱枕往腹部放，心裡想著今天看見的抖著左腳的人，和他戴著的那頂棕橘色漁夫帽。是戴恩吧。

「昨天出差太累了，今天請假。」戴恩盯著桌上隨手撿的漁夫帽。

「工作會不會很辛苦啊你？」葉有慧問。

「所有的工作都是辛苦的。」戴恩說：「麻煩的事情可以輪流承擔，但是每個人都還是有自己的辛苦。」葉有慧覺得自己可以想像得到戴恩溫暖的表情，天花板的壁癌好像沒有那麼猙獰了。

「感覺你過得很不錯啊。」

「是還不錯，我去考了研究所，商管相關的，去年剛畢業。」

「你好像……變得很明確。」

「妳記得我很久前有去社區大學打工嗎？」

「記得。」

「有一次我遇到一個老師，那個老師每次都是準時到，那天不知道為什麼提早到了，我在那裡幫他印講義，他忽然說，同學，你在這裡打工一年多了齁。我看了一下四周，沒有人，應該是在跟我講話，就看向他點了點頭。他一邊吃便當一邊接著問我，你有想過這份打工要做多久嗎。我搖搖頭。他繼續問，那，你有想過你一週，或是說一個月、一年會在這份打工上花多少時間嗎。我還是搖搖頭。最後他跟我說，打工沒有不好，我年輕時也打過工，但你可以多想想這些問題，生命是靠問題推進的。」

「生命是靠問題推進的……」

「對，我後來一直在想這句話，雖然不確定自己有沒有想通，但當我試圖去發現和解決自己的問題，我好像就知道自己應該要做些什麼了。」例如那時候其實只是想要避開自己的感情，找一件事情轉移對妳的注意力。戴恩當然沒有把後面這句話說出來。

「但是，要怎麼面對我不能改變的事？」

「改變妳能改變的事。」

葉有慧沒有說話。

「葉有慧，妳不要害怕成為別人的負擔。」戴恩的心裡正想著那袋被丟掉的紅色絨布，雖然當時葉有慧背對著他。他不敢想像她的表情，他怕自己會太心疼。還好她背對著他。葉有慧仍然沒有說話，在戴恩看不到的地方，她慢慢紅了眼眶——原來我不想要依賴任何人，是因為我害怕自己成為別人的負擔嗎。

「愛裡面本來就包含負擔。」戴恩說。

「但是，」葉有慧邊說邊翻了個身，變成面對著沙發背：「負擔裡面不一定包含愛。」

這次換戴恩沒有說話了。

「對不起，戴恩。」

「嗯？」

「我不能跟你做愛。」

「我知道。」

「你不知道。」那是因為我們之間有愛。只是暫時，我們先不要去分類。「我只能跟我不愛的人發生關係。」無論是哪一種愛，失衡了就會像失去。「所以，戴恩，」葉有慧繼續說道：「把你今天戴的那頂漁夫帽丟了吧，那不適合你。」

葉有慧想到媽媽以前說過的：不對的事情會讓很棒的心意變不見。可是，長大後除了不對的事情，自己無力面對、無所適從的事情，也會讓很棒的心意變不見。很棒的心意，要怎麼留下、怎麼傳達，才會保持它最初的美好模樣呢。心意的路徑有時候是心，有時候是時間，有時候則沒有路徑，它會安靜地在自己身上沉睡，變成不為人知的一部分，當某一天它在眼睛醒來，才會知道眼睛是無法迴避的叛者，那些口沒有說的話，眼睛會替自己說完。所以我們不能見面。因為不想欺瞞，但又不敢對視。

戴恩摀著嘴巴，眼神凝重，說不出話。

「妳覺得，人跟人之間跨不過去的是什麼？」戴恩深呼吸一口氣。

「是寂寞吧。我們要先跨過自己的寂寞，才能抵達對方。」

「有時候抵達的也不是對方，而是對方的寂寞。」戴恩說。

這些年他很努力地改變自己，但有些地方，就是改變不了。

我想你是愛我的　我猜你也捨不得

但是怎麼說　總覺得　我們之間留了太多空白格

從昨天晚上無意間聽見便利商店裡廣播播到的那首歌後，戴恩的腦海裡就不斷地響著。

也許你不是我的　愛你卻又該割捨

分開或許是選擇　但它也可能是我們的緣分

感到寂寞的時候，胸口竟是那麼熱。

很久以前，葉有慧曾告訴戴恩：「我覺得我這一輩子都在下大雨。」戴恩閉上眼睛，想起幾天前在網路上看到的一段話：

「如果是在大雨裡遇見你的，你就回到大雨裡去吧。請不要變成陽光下的記憶，否則從此，無論太陽再大，我的心都會是潮濕的。」

情深之初，愛和慾還未遇見。我和你還未分別。

、、、

葉有慧將身子翻正，眼神移回天花板上的壁癌。幾分鐘後，手機出現震動的滋滋聲，她伸手去拿，是戴恩傳來的訊息：

現在的我想起難過的事情時，溫暖的感覺都會多於疼痛的感覺，大概是因為遇到溫暖的人多更多。像妳就是其中一個。

葉有慧泛紅的眼眶終於流下眼淚。

她的鼻子發酸，臉頰正感受著眼淚的溫暖。

06

永生鳥

妳為什麼
要吃過期的東西？

麗芬婚紗店在市中心外圍的小巷子裡，葉有慧盯著手機上的定位，直到看見亮色背景、白字的招牌，用華康行楷體寫著「麗芬婚紗店」。招牌的正下方是一家小吃店，小吃店隔壁是一家藥局。地圖上的定位顯示應該不會錯，但是這裡並沒有任何櫥窗之類的陳設，葉有慧納悶地走近小吃店，才發現在藥局和小吃店中間有一扇門，門上面貼著一張護貝過的紙，寫著「麗芬婚紗店　請下樓」。那張護貝紙有些破損，上面有一層薄薄的灰塵。原來在地下室。葉有慧推開門走進去，沿著公寓的舊式樓梯往下走。

接著有一個比較寬敞的外玄關，與裡面隔著一面玻璃門，玻璃門上貼著紅色的字「麗芬婚紗」，當葉有慧打開玻璃門時，玻璃門上的鈴鐺發出清脆的聲響。一股塑膠袋混合灰塵的味道迎上來，老闆娘坐在小櫃檯裡的竹椅上，戴著老花眼鏡，用眼前的電子平板在看韓劇。一聽見鈴鐺聲，便抬頭看了葉有慧一眼：「妹妹，看婚紗嗎？」一邊把老花眼鏡拿下來，老花眼鏡後方有一條金色的金屬鍊，讓眼鏡可以直接掛在脖子上。老闆娘夾著粉色鯊魚夾，穿著大紅色的衣服，上面有許多亮片，和一件七分長的黑色緊身褲，有明顯的小腹。

「嗯。」葉有慧點點頭。

「來，我來跟妳介紹。」老闆娘側身走出小櫃檯，整個空間非常擁擠，像是西門町租借表演服飾的出租店，只是兩側掛著的全是廉價婚紗，還有很強的冷氣。「我們婚紗分兩個價位，一千八跟三千，基本上妳看到的全部都是三千，」老闆娘邊說邊指著狹長的兩側：「右邊這三間房間裡面也都是，只有最外面這間是一千八的，就是比較便宜的啦，啊其他都是三千，左邊是廁所和更衣室，妳自己先看看。」另一隻手則撐在自己的腰際：「喔，也是有幾件比較貴的，五千到一萬左右，在最裡面，是一些名牌改過的或人家不要了、瑕疵品賣過來的，但很少量，妳有需要再跟我講。」葉有慧輕輕地點點頭。

「不要害羞啦，我們這邊很多客人都是像妳這種很年輕就結婚的，這種平價婚紗沒有不好啊，太貴的買了只穿一次也很浪費，像這種，妳買了就可以一直擁有它，兩三千塊的，也不會說太浪費錢。」老闆娘看葉有慧翻弄婚紗的動作很是生澀，邊再次戴起眼鏡，忍不住說道。

「阿姨，不是我要結婚啦。」葉有慧露出那種想要化解尷尬的可愛笑容，帶點高級奶油的語調。老闆娘看不見，她的眼睛沒有笑。

「妳要參加朋友的婚禮喔？」

「是我爸的。」葉有慧翻起其中一件杏色的一字領小禮服，刻意但自然地說出「我爸」這兩個字。就像女人曾經刻意地向陌生人說出：

「我是小慧的阿姨」，都是想要向一個無關緊要的陌生人練習表述事實。雖然女人這麼說的時候葉有慧並不在場。不需要誰來指認，她們已經在重疊的生活裡有了相似的模樣。

「妳爸……」老闆娘伸起右手將眼鏡右邊的鏡腳微微下拉，沒有隔著鏡片的雙眼直視著葉有慧：「他再娶喔？」葉有慧沒有答話，過了幾秒鐘後，老闆娘的手仍放在右側的鏡腳上，左手也仍然撐在腰際，眼神沒有移開：「妳也是很辛苦欸，妳要不要直接挑五千的，阿姨算妳便宜一點啦。」接著將眼鏡上推至鼻梁，逕自往前走，有意要帶葉有慧去最裡面的房間。

「不用啦，謝謝阿姨。」她希望被感覺特別，但又覺得他不是值得自己去表現特別的人。葉有慧站在原地：「我想看看這件可以嗎？」她指了指那件杏色一字領的小禮服，口吻仍帶著奶油的味道，甜甜膩膩。

「可以啊，那件還有粉紅色和白色，妳要不要一起看？」老闆娘見狀便回過身走向葉有慧。

「沒關係，這件就好。」葉有慧說。

「妹妹妳膚色很白，白色或粉紅色都很適合欸。」老闆娘看了她身上的白色小洋裝一眼，然後翻出掛在旁邊的另外兩件，它們被擠壓在後排，翻出來的時候有著擠壓許久的皺褶，老闆娘拉起粉紅色的那一件在葉有慧面前襯了襯。

「謝謝阿姨，但我不喜歡粉紅色。」葉有慧仍是那個甜膩膩、皮笑肉不笑的笑容。剛剛學姊身上穿的就是粉紅色。

「是喔，很可惜欸，好啦，那妳去試試看這一件。」老闆娘將杏色的那一件拿下來，遞給葉有慧。葉有慧沒有再試其他款式，這件是三千元的，就算早上吃過了高級的奶油，還是只能穿上廉價的衣服，會不會是沾到一夜情男子的廉價口水呢，葉有慧自顧自地苦笑。老闆娘算她兩千五，沒有整燙，也沒有裝進特殊大小的婚紗包，直接用手簡單地環繞幾圈，然後放進大型的桃紅色塑膠袋裡，在她遞出兩千五百元的鈔票之後，她將塑膠袋接過手。祝福就是這麼一回事，能給出的最好的，有時候還是很廉價。

、、、

葉有慧第一次單獨見到葉智榮，是在一個小公園裡。智芬姑姑傳來簡訊，說有東西要拿給她，但是最近比較忙，想請葉智榮轉交。葉有慧知道是藉口，她沒有拒絕，雖然在麵包店見過一次葉智榮後，也沒有多一點好感。這是既定印象的困境，調整認知的情緒成本太高，索性繼續討厭下去。那時候的葉有慧剛開始學著打扮自己，臉上撲著厚厚的粉，兩條眉毛畫得像是毛毛蟲，外套裡面是類似陳寧學姊有一次穿的淺色針織小洋裝，小洋裝是戴恩陪她去夜市口買的。比起緊張，葉有慧心裡更多的是一股無以名狀的怨氣。

葉智榮身上的淺灰色西裝被燙得平整，他的身形乾癟，肩線卻非常合身，明顯是訂製的高級西裝，只是走近時會看見袖口有一些小毛球。他腳上穿的不是一般的標準版皮鞋，側邊有金屬釦，鞋面沒有上油，皮質的部分除了發皺以外還有些剝落。葉有慧不知道那叫做孟克鞋。他朝葉有慧走過來，沒有多做確認或多說什麼，只是皺著眉，把一個紙袋往前遞。葉有慧坐在公園裡的石椅上，蹺著腳，手指夾著一根菸，眼神冷漠地看著他，才發現葉智榮的西裝裡穿的不是白襯衫，而是一件微微發黃的白色T恤。

「你坐吧。」葉有慧說。沒有接過那個紙袋。又是那個紙袋。

葉智榮的手僵持在那裡，葉有慧看見葉智榮的手有一些粗糙。見葉有慧沒有要接過紙袋，葉智榮在葉有慧左側的空位坐下，把紙袋放在兩個人中間。坐下的時候葉有慧看見他腳上穿著白色襪子，襪口的地方已經失去彈性，而且也有點泛黃。

「你襪子穿白的喔？」葉有慧說。

葉智榮看了一眼自己腳上的襪子，因為深色的襪子都還沒曬乾，他索性就拿了雙白襪子。葉智榮看向前方，前方有一個小沙地，沙地裡是兩個鞦韆，一個孩子跟一個母親在那裡玩耍，旁邊是一個沒有人玩的彩色溜滑梯。「你沒有看過小時候的我吧。」葉有慧說：「就是那樣。」葉智榮以為她指的是前方的母女。「我不是說那對母女喔。」葉有慧看了葉智榮一眼：「我是說那個溜滑梯，但我不是彩色的。應該沒有人天生就是彩色的。」

葉智榮有點尷尬，不太懂她的意思。

「跟你開玩笑的。」葉有慧露出有點輕藐的眼神，葉智榮仍不知道自己應該以什麼表情回應她。「但也不是什麼都能開玩笑。」葉有慧吸了一口菸再吐出：「像是，有一種東西無論如何都殺不死，你知道是什麼嗎？」她專注地看著葉智榮，右手叼著菸，嘴角還有一小團白霧，這讓西裝筆挺的葉智榮為自己的一身打扮感到沮喪，他覺得自己除了可以與葉有慧吸進同一口二手菸之外，他們的世界製造不出任何交集。以前跟老闆們抽菸的時候，一團一團白霧像是能把彼此框在一起，當抽菸的是葉有慧時，卻像是畫出了兩個世界。葉智榮很安靜，直皺著眉頭。「是血緣。」葉有慧說，然後把原本有點輕藐的眼神移向遠方。輕藐位於遠處的企盼，總比輕藐自己的父親容易。

葉有慧又抽了一口，然後把菸蒂丟在地上，用腳上已經變形的運動鞋用力地踩了踩，毫不理會葉智榮的表情，她抬頭望向天空：「在名為親人的天空下，我們都是永生鳥。」葉智榮也看向天空，因為刺眼的太陽而瞇起眼睛。「這是我之前在書裡讀到的。」葉有慧說：「意思不是我們不會死，而是，就算我把我自己殺死了，我也永遠是你的孩子。」

「妳很討厭我。」這是葉智榮說的第一句話。

「我不討厭你啊。」葉有慧笑了出來，口吻像是在跟明天就變回陌生人的一夜情對象說話：「沒有感情，怎麼會討厭？」葉有慧站起身，猶豫了一下，還是拿起了那個紙袋，噘起嘴隨口地說：「真的不懂為什麼只送這一家的衣服。」

葉智榮看向葉有慧：「妳不喜歡嗎？」

「沒有感情，也不會喜歡。」葉有慧說，輕藐的笑容仍在嘴角：

「你喜歡校園民歌嗎？」

「什麼？」葉智榮一時之間沒有反應過來。

「你喜歡的音樂是什麼？」葉有慧又問了一句。葉智榮想了一會兒，正準備回答，但是葉有慧並沒有給他開口的機會：「你看，我連你喜歡什麼音樂都不知道。我看，」葉有慧邊說：「衣服還是還你吧。」

邊將紙袋放回葉智榮身邊，裡面裝了什麼，她看都沒有看。因為就算她穿上他給的衣服，她也無法感覺到自己是他的孩子。雖然紙袋拿起來有一點重量，很明顯裡面不是只有衣服，但她不在意。

「都是葉家人，你跟智芬姑姑也差太多了。」離開前葉有慧刻意地上下打量葉智榮：「智芬姑姑沒告訴你穿皮鞋要配深色的襪子嗎？」葉有慧以為把這些難堪的話說出來，就會好過一點，不知道為什麼心還是苦苦的。她離開的時候沒有回頭。發洩的話在說出來的瞬間會有一股快感，快感越強烈，日後越容易後悔。

葉智榮坐在石椅上，低頭將紙袋打開，裡面除了衣服，還有幾張西城男孩的專輯，和幾本有著西城男孩的雜誌。除了衣服以外，這些是葉智榮自己準備的，因為有一次葉智芬說，欸，有慧好像喜歡西城男孩。

、、、

女人坐在餐桌前看著剛剛買的三十顆水餃。那是三人份的晚餐，雖然葉有慧今天應該不會回來。她改不掉。女人試著吃得比平常多，但是已經太飽，忍不住一股嘔吐感。如果是孕吐就好了。有時候女人還是會興起這個念頭。尤其在葉有慧搬出去之後，這個念頭更頻繁地出現。如果葉有慧是自己的親生女兒，會不會比較願意常常回來呢。如果沒有葉有慧，現在這個只有她與男人的生活，也許就是她這二十多年來的生活。每每想到這裡，嘔吐感總會更強烈。

女人知道葉有慧有一天會離開。從葉智芬第一次聯繫她的時候。她希望葉有慧主動表示出「我不會走的」，因為她知道自己不會強硬地留下葉有慧。可是那一天，就像壓倒駱駝的最後一根稻草。「智芬姑姑好聰明，一眼就能看出床哪裡有問題。」葉有慧在搬出去幾天後回家時，跟女人閒聊著葉智芬來租屋處時的狀況。

女人說：「那妳有跟房東反映嗎？」

葉有慧搖搖頭：「不是那種問題。」她沒有想要再說下去。

「那是什麼問題啊？」女人問。葉有慧沒有說話，自顧自地看著電視。女人走進廚房再走出來：「我找一天去看看妳住的地方吧。」

「嘖。」葉有慧不耐煩地說：「床沒有問題啦。」

「我不是要去看床的。」女人說。

然後相約那一天，她們為某件小事起了爭執，電話那頭葉有慧吼著：「妳不需要再對我好了，我不需要妳對我好。」女人站在公司的茶水間裡，聽見葉有慧掛上電話。她將手機收進口袋，然後打開小水槽裡的水龍頭，用力地清洗雙手，像是想要把剛剛接收到的訊息洗掉。「反正妳也不是我媽。」葉有慧是想要說這句話嗎。女人覺得手好像怎麼洗都洗不乾淨。

那天下午女人難得地向公司請了假，雖然沒有再次確認相約的時間，女人找到葉有慧之前傳來的地址，她決定提早過去等葉有慧。她買了兩塊千層蛋糕，想著也許能一起吃個晚餐，晚餐後再一起吃甜點。葉有慧喜歡千層蛋糕，讓她擁有一整塊吧。女人想著。

可是女人沒有等到葉有慧。她跟著某一個住戶進到公寓內，然後坐在公寓的水泥樓梯上，公寓的窗戶很小，看出去的風景從藍色的天空慢慢變成粉橘色的天空。葉有慧可能有別的安排了吧。女人打開裝著蛋糕的盒子，一口一口慢慢地將其中一塊吃完。她細心地拿出衛生紙，將剩下的那一塊擺正，同時將紙盒旁邊的奶油擦拭乾淨，讓盒子裡看起來本來就只有一塊蛋糕。女人把吃完的那一張鋁箔紙揉成一顆小球，丟進外套口袋。她們的人生，本來就都只有自己一個。

那天之後，女人越來越常向公司請假，每一次請假，她都會睡到中午，然後打開冰箱，沒拿出什麼，又再關上。女人的冰箱裡塞滿她喜歡吃的東西，忘了從什麼時候開始，她需要「能夠隨時吃到喜歡的東西」的確定感。有些也不一定是非要不可的喜歡，可能只是經過某家小吃店，吃到了好吃的嘴邊肉，就外帶一份，裝在小小的塑膠袋裡，用粉紅色的塑膠繩束口，想著明天或後天可以熱來吃，然後就混雜在生熟食不分的冰箱裡，沒有再拿出來。

異狀嚴重的時候，女人會煮過期、或有一點發霉的食物來吃。她沒有辦法丟掉那些食物，因為那是她選擇帶回來的。她的味覺似乎隨著某個東西消失了。直到身體慢慢出了狀況，需要頻繁地向公司請假，先生終於才傳出這封簡訊：「最近忙嗎？回家看看妳媽吧。」他用了「妳媽」這兩個字，好像自己並不在這段關係裡。

葉有慧收到簡訊時，才意識到在見過葉智榮後，她已經將近半年沒有回去。

家裡原本已有許多雜物，現在更堆得亂七八糟，窗戶應該很久沒開了，一走進門時有一股莫名被悶住的味道，原本採光不算太差的小客廳變得灰暗暗的，窗簾大概也有好一段時間沒有拉開。葉有慧伸手去拉開窗簾，細小的灰塵在陽光下輕飄飄的旋轉，她打了幾個噴嚏。女人的拖鞋聲慢慢靠近：「妳回來啦？」

葉有慧轉過身看向女人：「工作很累嗎？」她說。

「還好。」女人說。在這個世界上活得久了，累的哪會是一件小事，累人的總是那無法被拔除的、無數不經意就左右著自己的小刺。

女人走近冰箱，拿出一袋雞湯，心裡想著葉有慧在外面生活，營養不一定均衡。葉有慧並不知道女人堆積食物的狀況已經嚴重到甚至會吃過期的食物。所以當女人將雞湯熱好、裝在小小的瓷碗裡推到葉有慧面前時，葉有慧才從冒著的白煙中聞到一股酸酸的味道。

「這過期了吧。」葉有慧說。

女人眼神迷濛，有點發愣地說：「應該還可以喝。」

「這過期了。」葉有慧又說了一次，眼睛盯著碗裡面的雞肉塊，和漂浮在湯汁表層厚厚的雞油。她隨意地用湯匙翻動。為什麼我擁有的是這種愛。

「妳不喝，我喝。」女人的語氣突然有了怒意，她走上前，站在葉有慧面前，拿起小瓷碗，直接以口就著碗緣喝了起來，湯的溫度不完全燙口，熱熱的從女人的食道流進肚子裡。葉有慧沒有阻止。她不知道女人是怎麼回事。

「妳為什麼要吃過期的東西？」葉有慧仰著頭，盯著女人。女人的眼睛紅紅的，她繼續喝，沒有回答。「我說，」葉有慧又說了一次，音量明顯變大：「妳為什麼要吃過期的東西？」女人流下眼淚，肚子裡熱熱的，但她沒有感覺到溫暖。葉有慧沒有哭，因為她很生氣。

葉有慧站起身，走向客廳其中一個櫥櫃，她在雜物堆中翻找，想找到任何一張校園民歌的光碟。如果女人曾經以為這個可以安慰女兒，那就表示女人也曾經以此安慰自己。但是葉有慧找不到。家裡太亂了。空間是人心的延伸。葉有慧現在已經找不到女人心裡柔軟的那一塊。當終於知道那份彆扭的付出就是愛的時候，身體裡也有了無法被一首歌化解的傷心。到底是傷心改變了我們比較多，還是愛改變了我們比較多。葉有慧想不透，她只知道有時候傷心就是會大獲全勝，談愛反而拗口。

、
、
、

二〇〇九年四月，歌手阿桑因癌離世。葉有慧一個人坐在六樓的小客廳，看著這則新聞，新聞上播的幾乎都是〈葉子〉那首歌的MV畫面。她順手拿了一顆抱枕，抱在胸前。這顆抱枕原本是戴恩最喜歡的，上個月搬走時他沒有帶走，不知道是不是故意的。也不知道是不是因為這個消息，昨天又跑去偷聽合唱團練唱的時候，他們也在唱〈葉子〉。這些事情對於葉有慧不算近也不算遠，在麵包店打工時不時會聽見廣播裡的新聞和歌曲，但她好像從來沒有仔細思考過自己喜歡什麼樣的音樂。葉有慧隨意地轉換著新聞頻道，直到聽見〈寂寞在唱歌〉，她停了下來。這首歌很耳熟。是戴恩的來電答鈴。那天晚上葉有慧的MP3播放器裡，反覆地播著這首歌。

幾個月後，葉有慧再次見到葉智榮，將近一年後見到他，他的第一句話是：「我今天穿了黑色的襪子。」讓葉有慧笑了出來，不是快樂的那種笑。葉智榮換了一雙新皮鞋，西裝跟上次是同一套，仍然合身，也仍然有著毛球。葉有慧實在看不懂，為什麼有了一套高級訂製西裝，不好好保養卻要穿著來見她。

葉智榮跟葉有慧約在一間茶樓門口，這次他提早到了，駝著背坐在門口的長木凳上，長木凳上有一個大大的尼龍袋子和一個中型、密封的牛皮紙袋。葉智榮沒有立刻站起來，他希望葉有慧看見他的黑色襪子。他當然知道要穿黑色襪子，他曾經是跟大老闆們談生意的人。這間茶樓就是葉智榮以前談生意時常來的，他想把自己喜歡的菜色分享給葉有慧。或是說，他相信坐在裡面說話，自己會感到自在一點，那是他曾經風雲的場域。

「你的工作需要穿西裝嗎？」葉有慧問，她不懂為什麼葉智榮一定要把自己塞進那套西裝裡。葉智榮沒有說話。想要被知道曾經是的。這該怎麼回答。葉有慧的表情忽然變得嚴肅，吼了一句：「到底為什麼要一直給我衣服？」葉智榮抬起頭看向葉有慧。葉有慧的眼睛裡有混亂的哀傷，在那份哀傷裡葉智榮感覺得到，自己占的比例很少。

「我不想要妳被看不起。」葉智榮說。口吻誠懇得令葉有慧詫異。從她開始困惑自己是誰，第一個發現的就是工整的紙袋，一年又一年，一袋又一袋，裡面除了裝著一個人的內疚，原來也裝了他的自卑嗎。而當她開始分辨紙袋裡的衣服與自己身上、女人身上、智芬姑姑、學姊、戴恩身上的衣服時，在無形之間，葉有慧也開始慣於以此分類他人。一切都是從他送來的紙袋開始的。他現在竟然要說，不想要自己被看不起嗎。葉有慧肚子那股無以名狀的怒意強烈地翻滾。她終於看見自己純真的快樂是被這些差異消磨掉的。可是這個世界上，誰不是從差異中分辨自己是哪一種人。

葉有慧眼神定定地看著葉智榮，這大概是他們第一次這麼直接而明確地對視：「你不需要再穿成這樣來看我。」她冷靜地說。我從不需要你體面地來見我，我只要你來見我。這句話她沒有說出來。葉智榮看了葉有慧好一會兒才低下頭。他只是很努力地想要擁有那些曾經說好要證明給誰看的模樣。

事實上這一次葉智榮的兩個袋子裡都沒有裝衣服，因為上一次他發現葉有慧臉上還不純熟的妝容，也許她還在嘗試自己想要的模樣，所以身上也沒有穿著他曾給過的衣服，甚至並沒有把他新準備的衣服帶走。也許葉有慧並不想要他給她的模樣。

「妳喜歡喝雞湯嗎？」葉智榮說：「我有加一點米酒。」他身邊大大的尼龍袋裡裝著今天早上煮好的雞湯。雞湯裝在一個有玻璃蓋的鐵鍋子裡，鐵鍋子用一個塑膠袋裝著，塑膠袋外面再套一個大的尼龍袋。葉有慧一時之間有點反應不過來。「油我已經瀝掉了。」葉智榮補充。雞湯需要瀝油嗎。她偷偷瞄了一眼袋子裡的雞湯。葉智榮雙手摸了摸袋子的兩側：「還溫溫的。」他說。

葉有慧將眼神移回前方的地板。茶樓前面沒有遊樂設施，而是一條四線道的柏油路，車聲轟隆轟隆，只有在紅燈的時候會稍微變得安靜。

「有一個歌手叫做阿桑，她前陣子死掉了。」葉有慧說。

「我知道。」葉智榮努力地想要讓這次的對話變得積極。

「她死掉了我才開始喜歡她的歌，我覺得我好像太晚開始喜歡她了。」葉有慧說，然後轉頭看向葉智榮：「你也是，你也太晚開始喜歡我了。」紅燈了，一切都安靜下來。葉智榮認真地看著葉有慧，不知道該接什麼話。原來她不喜歡西城男孩了，葉智榮伸手摸了摸那個密封的牛皮紙袋，西城男孩的專輯和雜誌都在裡面。沒有共同生活，這一點點小事也會錯過。葉有慧看到那個牛皮紙袋了，看起來不像是裝著衣服：「那個也是要給我的嗎？」她問。

「不是。」葉智榮說，然後低下頭。綠燈亮了，耳邊又響起轟隆轟隆的聲音。

那天他們沒有進去茶樓用餐，葉有慧藉口說雞湯不要久放，趕緊帶回家好，於是拎著重重的尼龍袋子就離開。葉智榮雖然覺得惋惜，心底也同時鬆一口氣，他怕茶樓變了，他也變了。而聽到葉有慧口裡說出「家」這個字的時候，他的心縮了一下。葉有慧每一次都會提到死這個字。是不是因為活著的人們也無法讓死掉的東西復生，只能獨自、繼續活下去。

、、、

智芬姑姑不喜歡那件一字領的小禮服，執意要帶葉有慧去買一件小洋裝。見面時智芬姑姑手上拿著兩杯飲料，一杯冰美式咖啡、一杯冰鮮奶茶。智芬姑姑說冰鮮奶茶是要給她的：「但是等等試衣服的地方不能喝東西喔。」一邊小心提醒。葉有慧接過飲料，不知道該不該現在就插上吸管，在智芬姑姑身邊好像永遠有無法安放的東西。

買小洋裝的地方不在百貨公司裡，跟葉有慧的想像有一點落差，在鬧區後面的小巷子。「這是設計師訂製服。」智芬姑姑解釋：「相同的款式可以修改成適合不同體態的人。」葉有慧點點頭，表示自己有聽進去。一樓是明亮的店面，簡約的淺木色和白色裝潢，二樓則是訂製區，一走進去就有穿著白色制服的服務人員上前遞上柔軟的皮質拖鞋，服務人員臉上有精緻的妝容。脫下鞋子後，葉有慧迅速地穿上拖鞋，她不知道今天會需要脫鞋子，腳上穿著的是卡通圖案的短襪，腳趾的部分破了兩個洞，她不想讓智芬姑姑看見。

「海心到了嗎？」智芬姑姑熟悉地換上拖鞋，將另外一杯冰美式咖啡遞給服務人員：「這個先放在櫃檯好了，等等再給她。」

「她已經在二樓了。」服務人員說。

「走吧。」智芬姑姑回過頭看了葉有慧一眼：「別擔心，自在一點。」葉有慧露出禮貌的笑容，她的腳趾在拖鞋裡面縮成一團，不敢碰到拖鞋柔軟的皮質觸感。這是葉有慧第一次見到俞海心，她的心臟怦怦地跳。這個女生跟她在同一年出生，來自同一個家庭，至少血緣上是。

葉有慧跟在智芬姑姑後面，二樓有好幾個房間，服務人員領著她們走進其中一個房間，裡面有一張淺灰色的絨布小沙發，小沙發前是一面淺米色的布簾，上面有L型的滑軌，簾子現在是拉上的，俞海心正在裡面換衣服。智芬姑姑拍了拍小沙發：「有慧，坐。等等換妳。」

「我媽來了！」俞海心的聲音響亮。她在拉開布簾以前，做了一個沒有人看得見的深呼吸，只有短短三秒，像是在維持臉上的表情。她聽見了「有慧」兩個字，她知道今天會見到她。俞海心想避開自己看過葉有慧跟其他男子親熱畫面的尷尬。布簾唰的一聲被拉開，葉有慧直覺地低下頭不敢看她。「我就說不要鵝黃色，妳看這件不是好多了嗎？」

俞海心看著智芬姑姑，口吻淘氣，十足十是個活潑的二十三歲女孩。此時葉有慧才慢慢抬起頭看向俞海心，她發現俞海心跟她的想像不太一樣，有點古銅色的肌膚，四肢勻稱，不同於自己乾癟的身形，應該有定期跑健身房。

「妳的冰美式我先放在一樓。」智芬姑姑一直都沒有坐下，笑臉盈盈地看著俞海心：「這是有慧。」俞海心自然地看向葉有慧，露出親切的笑容：「妳好。」她說。「妳好。」葉有慧有點彆扭地說。

明明是如此平凡的問候，葉有慧不知道為什麼一直心悸著。直到智芬姑姑為她選了幾件小洋裝，她脫下拖鞋，腳踩上簾子下的長毛地毯時，俞海心喊了那句：「哇！妳也喜歡三眼怪嗎？」葉有慧才知道，她渴望在自己跟俞海心之間找到任何一點點相似的連結。「媽，有慧也喜歡三眼怪耶。」俞海心興奮地向智芬姑姑說，然後轉過頭來看向葉有慧：「我也喜歡三眼怪喔。」她先看見的不是那兩個破洞和葉有慧露出的腳趾。葉有慧的心悸稍微緩了下來。她不知道這是俞海心善於保護祕密的表現。

葉有慧換了五件，第五件的時候智芬姑姑才滿意地點點頭，她上前去，然後傾身再次微調腰帶，像是確認的動作：「妳太瘦啦。」智芬姑姑說：「多吃一點。」然後再退後兩步：「小姐，可以借我一副耳環和一雙高跟鞋嗎？」服務人員點點頭：「好的，請稍等一下。」

葉有慧終於被打扮好，智芬姑姑滿意的表情才加上了笑容：「妳這樣漂亮多了。」她邊說邊再次上前，替葉有慧整理了一下耳環的位置，然後淡淡地說：「妳呀，不要表現得像是沒有人愛的孩子。」葉有慧沒有說話。她靜靜地站在那裡，從更大面的全身鏡中看著自己，和背對著鏡子在替她整理洋裝的智芬姑姑的背影，智芬姑姑髮旋中的白髮她都看見了，但她看不見智芬姑姑的表情。

葉有慧想起女人這幾年時不時端上桌的過期的食物，蛋糕、甜湯、小菜、滷肉飯。有時候她會拒絕，過期的味道不太明顯的時候，她會跟女人一起吃。老實說，葉有慧也不確定是不是每一樣食物都過期了。過期這件事會有一個明確的時間點嗎。

葉有慧藉口說要去上廁所，然後站在小房間外拿起那杯冰鮮奶茶。女人不曾買過鮮奶茶，她總說鮮奶茶比較貴。葉有慧沒有打開來喝，只是晃了晃手上的外帶杯，冰塊的碰撞聲還很清楚。

、、、

葉有慧是故意的，她把那件精緻的訂製洋裝帶回家而不是租屋處，掛在房間顯眼的地方。故意讓女人開口問她：「那是智芬姑姑帶妳去買的嗎？」然後，葉有慧就可以釋放出準備好要發洩的氣，說出類似，對啊，妳又買不起，這種話。但當女人這麼問時，她還是沒有說出口。

每一次碗裡出現酸酸的食物和過期的味道時，智芬姑姑說的那句「不要表現得像是沒有人愛的孩子」就會冒出來。接著葉有慧變得更頻繁地想起葉智榮給的雞湯，從幾年前第一次她親自收下後，高級的紙袋就變成了一個一個大尼龍袋，一年約莫一到兩次，下次見面再把上一次的鍋子還給他。那是葉智榮給過葉有慧最熱的東西。葉有慧常常看著沒有太多油漬的碗，瀝過雞油的雞湯原來長這樣。他弄了很久嗎。葉有慧偶爾會好奇，但是沒有開口問過。這是被愛的樣子嗎。

「我晚餐要出去吃。」葉有慧說。

「跟智芬姑姑嗎？」女人問。

「在巷口而已。」

「為什麼不在家裡吃？」

「家裡的東西能吃嗎？」葉有慧忍不住激動了起來。女人靜靜地看著瓦斯爐上的一鍋咖哩。

「這是我今天煮的。」女人說。

「那裡面的肉呢？是妳今天去買的嗎？」葉有慧回過頭看了女人一眼：「妳煮的所有東西我都不想吃。」

廚房隨著夕陽落下，只有昏黃的光線，女人沒有看向葉有慧：「抽屜裡還有錢，不夠的話自己拿。」她說。

葉有慧沒有打開女人說的那個抽屜，只是用力地將門打開，再「砰」的一聲將門關上。是不是越渴望被愛拯救，越可能被愛傷害。葉有慧咬著牙，想到上週也是因為過期的食物跟女人吵架時，女人說的那句：「不是只有妳有受傷的感覺，妳的媽媽也是受傷了才生下妳的。」葉有慧只冷冷地回了一句：「所以才生下了受傷的我嗎？」夏天的燥熱也延燒著情緒，葉有慧最後去了附近的便利商店隨便吃了幾項微波食品。同時想起那天她忍了很久終於問出的那句：「所以我到底是誰的孩子？」女人緩緩低下頭，她背對著葉有慧：「孩子不屬於父母，父母也不屬於孩子。」葉有慧意識到自己不應該問出這個問題，但是已經來不及了。她看著女人站在廚房的背影，女人做出伸手去抹眼角的動作：「我們擁有和彼此的關係，但我們不屬於對方。妳是妳自己的。」

原來，現實的不是誰是壞人，而是誰無法改變。

她身上流著誰的血液，無法改變。她曾和誰一起生活，無法改變。當葉有慧伸出雙手，能夠觸及到的生活最遠、最深的地方，就算只是這一個小公寓、這一個小廚房，也無法改變。

葉有慧看著眼前便利商店的微波食品，同時想著女人煮著的過期的食物。該怎麼才能好好吃一頓飯。

回到家後，家裡瀰漫著咖哩的香味，女人窩在沙發上睡著了，手邊是一張舊舊的紙，葉有慧走近看了一會兒，覺得有點眼熟，一時想不起來。她拿起那張紙，才慢慢記起，這是她初經來的時候，女人跟她一起寫的信。女人說那天可以不用上學，她們對坐在小餐桌邊，當時她還嘲笑女人，妳也要寫給二十歲的自己喔，可是妳已經超過二十歲很久了欸。信裡只寫了一句話：

美如，那時候如果知道有今天，就會再把妳抱得更緊一點點。

葉有慧記得美如這個名字，在那張已經發皺的便利貼上。李美如是生下她的人。曾經她迫切地想要釐清自己的開始，但此刻她卻覺得美如這兩個字很是陌生，反倒是女人寫的「就會再把妳抱得更緊一點點」，讓葉有慧覺得酸澀又熟悉。她知道女人的擁抱是什麼模樣。只是她不願意去想起。

當失去願意的心，其實就是失去這個人了。寬容與傷心交疊地纏繞在愛的尾巴上，葉有慧幾乎要相信，若要繼續活下去，就得剪掉這條尾巴。可是當葉有慧看著那封信，她同時意識到自己在女人懷裡也是一隻永生鳥。如果有一天她把自己殺死了，自己與女人之間發生過的所有事情，仍永遠在那裡。

世上所謂的永遠，指的原來不是未來，而是過去。

07

把祕密葬在舌根

祕密是
自尊發芽的地方。

俞海心善於保護祕密。

大舅舅葉智榮寄來兩封紅色的請帖，上面有燙金的字，不是那種厚磅數的高級紙，質量反而偏薄，燙金的字也並不精緻工整，像大舅舅說話的口吻，有含糊的感覺。俞海心不見怪。這不是大舅舅第一次結婚。倒是母親，忙起來就像是第一次為大舅舅辦婚禮，母親積極地想要幫大家訂製一套全家服，說是這樣才體面。「難道整個葉家穿的妳都要去訂製嗎？誰知道會不會有下一次？」約略是聽到父親的這句話，母親才打消訂製全家服的念頭，只偷偷地帶俞海心去訂了一件小洋裝。

在俞海心的印象中，母親與大舅舅葉智榮的關係很緊密。小時候，母親常常在接到一通電話後，就走出家門，站在家門前的小花圃皺著眉頭講電話。原本的家庭電影時光看似要被影響了，父親卻會若無其事地坐在沙發上，專心地繼續看著電視螢幕上播送的電影，表情看起來很堅定，像是把自己和妻子當作這個屋簷下兩隻結實的腳，如果有一隻站得累了，另一隻要使上更多的力才能不被肩膀上的女兒發現異狀。這時候父親會問她，要不要喝果汁。俞海心會模仿父親的表情，按捺住好奇心不望向窗外，並努力地想著，窗外與窗內只隔著一層厚玻璃與母親喜歡的盆栽，異狀一定在更遠的地方。不會在這裡的，這裡是我們家的小花圃耶。忘了是哪一次，俞海心終於知道電話那頭是大舅舅，那一次之後每當她回想起和父親一起看電影的時光，才意識到，父親當時動也不動地看著電影的神情並不是堅定，而是冷漠。

母親很少有把電影看完的時候，卻總會對父親嚷嚷，不應該讓那麼小的孩子喝那麼甜的飲料。父親會聳聳肩，說是廠商送的。俞海心出生前幾年，父親在飲料加工廠跑業務，母親則已經有了正在進行的創業項目，俞海心出生後，母親不願意放掉自己的事業，加上公司的收入已經高於父親，只好讓父親辭去工作，把公司交給父親管理，不過有幾家曾受父親照顧的廠商，逢年過節還是會寄來一箱一箱鋁箔包裝的飲料。父親是寡言的，但偶爾，他會忍不住跟俞海心說，要不是妳那個大舅舅，我們可以住更大的房子。

、、、

父親沒有來參加大舅舅的婚禮，婚禮前幾天他臨時說要出差。俞海心沒有戳破他的藉口。

婚禮的場合有點俗氣，在郊區的一間熱炒店裡，亮紅色的圓桌鋪上粉紅色、薄薄的類似塑膠袋觸感的半透明桌墊，俞海心幾乎可以想見，待餐宴結束後這會被拿來包裹還留在桌上的不受歡迎的雜物。慶祝的人們各自坐在幾十張生鏽的鐵椅上，有些椅子甚至站不穩，像那些祝福的話。每一張喜桌上都有無聊但必要的小菜，裝小菜的白色塑膠盤邊上有一些斑駁的花紋，凹槽處大概也已經被菜瓜布來回洗過千百次了，有明顯重複的米褐色刮痕。

俞海心的母親葉智芬是葉家的長女，葉家一共五個兄弟姊妹，長女、二女、三女、四子、么子，大舅舅葉智榮是四子。母親特別交代俞海心，要好好照顧葉有慧：「她也是妳表妹。」母親的原話裡用了「也是」。雖然在那張婚禮邀請卡送到他們家之前，俞海心從未聽過這個名字。原來大舅舅年輕時曾有過孩子。

「海心姊姊，」葉有慧的聲音取代了俞海心腦中大舅舅的臉。「紅酒應該要配起司片的，妳知道嗎？」葉有慧小巧的臉蛋上有精緻的妝容，笑起來甜甜的，是一個漂亮的女孩，卻看不進她的眼睛。俞海心看著葉有慧手裡握著的透明塑膠杯，裡面裝著三分之一容量的深紅色紅酒，前面的桃紅色轉盤上是炸蚵仔和蝦米炒青菜，熱炒的油膩味撲鼻而來，紅酒和起司的話題和葉有慧一樣格格不入。

「噢，我知道。」俞海心笑盈盈地回應。她不想拆穿葉有慧，紅酒跟起司並沒有應該要搭配在一起。沒有食物應該如何，都是每個人最喜歡、最習慣，或是最嚮往的味道而已。想像的邊界是實際生命經驗與其社會位置。這是直接的。人的銳利常常來自無知，柔軟的人的內心也未必比較寬廣。柔軟只是傷口生的繭。

「也對，你們應該很常去高級餐廳，高級餐廳都是這樣搭配的。」葉有慧繼續說：「這裡少了起司片，但食物還是很好吃。」俞海心有點分不清楚葉有慧的意思是可惜還是讚美，但她沒有收起笑容。

「妳有見過其他阿姨嗎？」俞海心邊說邊指著不遠處那桌的幾個女人：「啊，妳應該要喊姑姑。瘦瘦高高的那個是二姑姑，她剛從美國回來，比較矮的是小姑姑，她人很好，她們旁邊坐的女生是妳的嬸嬸，嬸嬸旁邊是叔叔。」葉有慧認出二姑姑和小姑姑，幾年前她還在麵包店打工時有來看過她。

「葉家的人好多。」葉有慧跟隨俞海心的視線，口裡含著把自己列在葉家之外的語氣。

「但我們這一輩比較少，加上妳只有四個人。」俞海心看向旁邊的俞海晏：「這是我妹，妳還有一個表妹，叫葉有昀，不過她會晚一點到，她今天要補習。」俞海晏留著短髮，低頭滑著手機。俞海心用手肘碰了俞海晏一下，俞海晏抬起頭，雙眼雖然對上葉有慧，但眼神有點飄忽，她覺得很尷尬。「妳好。」俞海晏說。「妳好。」葉有慧說，然後自己先移開視線，隨意地夾了一口菜。她已經懂得避開尷尬的技巧。就算流著一樣的血液，這裡的一切都仍然疏離。

葉有慧轉頭看向前台的葉智榮，他終於穿上一套新的西裝。葉有慧從遠處就知道這套西裝絕對沒有毛球與霉味，站在一旁的新娘臉上堆著幸福而陌生的笑容。有些生命的參與是從傷口開始，而有些則是從祝福開始。

婚禮結束後，葉智榮會回到他生活的地方，那裡長什麼樣子呢，新娘會怎麼看待自己呢。當這些困惑不帶好奇，並顯示著彼此漫長而毫無交集的人生，葉有慧覺得自己能給的祝福可有可無。

、、、

「邀請卡怎麼會有兩封，大舅多拿來的喔？」

幾個月前俞海心不經意一問，才知道那並不是多的，它有要面對的對象。母親葉智芬給了俞海心一個地址，請她幫忙拿去寄，說是要給一個跟她年齡相仿的表妹，二十三歲，只晚她幾個月出生。俞海心從來不知道這個表妹的存在，母親說起這個表妹的時候，口吻很溫柔。儘管憐憫跟溫柔的界線太模糊，有時候甚至是同一件事。

地址在台北。

俞海心在台北念了四年大學，也在台北失了戀，那是一個五味雜陳的城市。到現在畢業一段時間了，她還是慣性地會在社群頁面的搜尋欄打上「楊思之」幾個字，有意無意地瀏覽這個人的近況。俞海心只見過她一次，當時她把自己在用的吸塵器賣給對方，幾乎是終於才找到的機會，去看一看學長說的很好的女生到底有多好。雖然學長並沒有跟楊思之在一起，但是俞海心跟學長分手了。介意是個頑固的傢伙，出現之後就難以趕走。例如當俞海心看見楊思之前幾天去了一間叫做愛麗絲咖啡的咖啡廳，貼文上面寫著：「聽說紅心皇后的草莓蛋糕是招牌，如傳說中的甜而不膩，必須嚐嚐。謝謝我的紅心國王，愛麗絲咖啡總有奇遇♥」時，她躺在床上噘了噘嘴，露出不以為然的表情，然後當她看到那則貼文下面有人留言：「我覺得太甜，而且內餡很乾，很難吃。」俞海心難掩心裡的一股快感。

她決定要去一趟台北。

反正我可以順便、直接把邀請卡投遞到地址上葉有慧的信箱，俞海心想著。情緒裡的念頭往往會相互作用、穩固自己想要去做某件事的理由。人有了理由，就能更輕易地說服自己。

然而，如果沒有這些開始，俞海心就不會在台北晃了一圈後，在晚上十點多的小街區裡，看見一個女子跟一個穿著花襯衫的男子在防火巷裡熱烈地親吻，女子幾乎要站不穩，男子則粗暴地把手伸進女子的衣服裡。俞海心快速地把邀請卡投遞進公寓一樓的鐵製信箱。兩人距離巷口不遠，巷口有被脫掉的高跟鞋跟一頂剛剛才從男子頭頂落下的棕橘色漁夫帽，喘息聲幾乎就在耳邊，她對台北的印象又差了一點。然後她聽見男子低喊了一聲：「葉有慧，妳好……」她沒有聽完。是那個信封上的名字。她睜大眼睛，頭也不回地跨步離開。

祕密的現場總是不宜久留。

就像很多年前的那個晚上。

「姊，其實我有看到那個阿姨。」俞海晏用生硬的口吻，說了一句聽起來像是忍了很久，終於才說出的無法被包裝的實話。那是凌晨十二點半，俞海晏敲了她的房門。俞海心坐起身，眼神迷濛地看著俞海晏。她一直都知道，父親在俞海晏心裡的形象是很好的，一個踏實、刻苦的好男人。俞海晏繼續說：「我們要怎麼辦？」她微微偏了偏頭。

「什麼怎麼辦？」俞海心的話接得很快，她不想要有太多空白。還好俞海晏沒有伸手去打開房間的燈。

「要跟爸爸說嗎？」俞海晏低下頭：「是不是要告訴他我們知道了，他不應該這樣。」她的手還扶在門把上。俞海心這時才發現俞海晏並沒有走進來。

十七歲的女孩可以決定什麼呢。俞海心說：「不要。」可能只能決定這種小事。「為什麼？」俞海晏問。俞海心伸手撥了撥自己臉頰旁的頭髮：「沒有一個父親會在孩子面前承認這種事。那太羞愧了。」她說，然後下意識地拉起被子裹著自己。她不確定俞海晏聽不聽得懂。

「所以我們要裝作什麼都不知道？」俞海晏又問了一句。

「嗯。」俞海心點點頭：「他太愛我們了。」她邊說，邊將目光從俞海晏身上移開：「還是保護一下爸爸的自尊心吧。」黑暗中俞海心感覺到自己刻意模仿大人的口吻。越不知所措，越要假裝自己都能應付，才不會被發現混亂的內心，無法作為另一個人的依靠。俞海晏放在門把上的手緩緩垂放下來，深呼吸一口氣：「什麼是自尊心？」

「一個人心裡藏有祕密的地方。」俞海心說：「自尊是祕密發芽的地方，像妳上學期自然課種的綠豆啊。」然後她抖了抖身上的被子，熱氣從腳尖流出去，溫暖跟著走了。

「可是我的綠豆後來發霉，被媽媽丟掉了。」俞海晏說。

「我不知道自尊心丟不丟得掉。」俞海心說：「妳早點睡。」然後躺下身子：「幫我把門關好，不然晚上它會嘎嘎叫我睡不著。」十七歲的她還不想在成長的時候學會認清，有些改變就是失去。她感覺到自己的心空了一塊，閉上雙眼時，像是在荒涼草原的一株小草，風怎麼吹，她怎麼倒。

也比如愛。

愛在某些睜開雙眼的時刻仍煙消雲散，是因為它不敢眨眼。有些事情，它不敢看。

、、、

俞海心很早就不敢看了。在那晚俞海晏來敲她的房門以前，俞海心已經聽聞過父親與那個女人的事情。某個週末結束後，曾跟她一起擔任家長會小幫手的女同學跑來跟她說：「欸，海心，我上週去淡水玩的時候好像有看到妳爸耶，但我沒跟他打招呼，因為有點奇怪，反正他應該也不記得我。」

「我爸？」俞海心愣了愣，父親週末確實不在家，母親說他出差去了，是不是去台北她不確定：「他應該是去出差。」俞海心露出淡淡的笑容。

「出差？」這次換女同學愣了愣：「那可能是我看錯了。」她說。

「什麼意思呀？」俞海心想要追問。但女同學似乎沒有想要繼續說下去，她只是聳聳肩：「仔細想想，也不太像，因為那個人有跟一個阿姨走在一起，那阿姨也不像妳媽，應該是我看錯啦。」女同學伸出手，輕輕地拍了拍俞海心的手背。每一件小事都是端倪，好的或壞的，人的心裡有著自己意想不到的動能，能夠予以端倪蔓生滋長的養分，去長成一件大事。

三個月後，父親搬出去住了。那年俞海心準備進入高三下學期，需要考指考的她以課業來迴避。母親對此有好幾種說法，俞海心知道，自己從未獲得最真實的版本。

父親和母親一直都少有劇烈的爭執，父親搬出去之前，已經與母親有長達好幾個月的冷戰。那天半夜俞海心被奇怪的呻吟聲吵醒，但她沒有走下床，只是睜著眼睛躺在床上。俞海心的心裡隱隱不安。隔天晚上，母親叮囑她要早點回家，晚餐後母親切了一大盤水果，都是大家愛吃的，草莓、香瓜、水梨、小番茄，並且拿出過年時在年貨大街上買到的一組家用金屬水果叉，每支叉子的末端都有一顆一樣的小小的鳳梨造型裝飾。母親把水果叉分給每一個人，父親想要徒手直接拿幾顆小番茄，母親硬是將小叉子遞到他手裡：「注意衛生。」母親說。

　　這是異狀，平日裡父親吃水果都是徒手拿取，況且已經四月了，水果的季節、所有的時機都不對勁。俞海心靜靜地嚼著水梨，讓水梨清脆的聲音稍微轉移自己的注意力。妹妹俞海晏倒是一如往常大口地吃著最愛的香瓜。母親自然地說：「海晏大概會希望每個月都是四月，四月是香瓜的季節。」小學六年級的俞海晏面無表情，帶一點叛逆，她不希望母親用這種寵溺的口吻對她說話，她已經十二歲了。母親似乎有所感覺，本來要伸手去碰觸俞海晏的手稍微地縮了回來，然後淡淡地說：「我們等等來開家庭會議吧。」臉上抹著故作平靜的笑容。

那天晚上母親輕描淡寫地告訴大家，父親因為工作的關係，要到南部生活一年，這一年他會很少回家。父親沒有說話，直到俞海晏問了那句：「那我們可以去看你嗎？」父親才提起表情說：「不用擔心，我會回來看妳們。」言下之意是，我們不能去看你。父親過多的沉默是一種隱藏，而這種隱藏讓事實更為浮出。俞海心看著每個人都拿著一樣的水果叉，她的呼吸平緩，一臉事不關己的表情，她知道那是母親最後的掙扎，同一個屋簷下的人，必須帶著同一個版本的對家的責任和想像嗎。俞海心又拿了一片水梨，今天的她不想吃其他沒有聲音的水果。

父親離家後，母親去燙一頭超級捲髮，倒也沒有想像中無措，每天似乎都找得到事情可以忙，只是她更常站在小花圃講電話了。俞海心可以從母親的表情、語氣或對話內容猜測，對方是大舅舅、小舅舅，還是兩個阿姨。比如有一次她聽見母親問著：「他好像喜歡西城男孩，西城男孩最近在你們那裡是不是很紅啊？」電話那頭應該就是在美國生活的大阿姨葉智敏。雖然俞海心並不知道為什麼母親要問起西城男孩，那天睡前母親經過她房門時甚至停下來問她：「現在年輕人都喜歡西城男孩嗎？」俞海心聳聳肩沒有回應，母親沒有追問。俞海心也沒有多疑母親口中的「他」是誰，大概只是某個朋友的孩子。

隔年，二〇〇八年，世界上發生了巨大的金融海嘯，十九歲的俞海心並未特別感覺到差異，只知道父親回來了，母親仍會一個人站在小花圃，就算沒有和任何人通話，也不會進到房子裡。父親仍然會坐在客廳看電視，也仍然不喜歡大舅舅葉智榮。所有都照舊的時候，就像在掩蓋某些已經改變了的事。

從剛剛開始葉有慧時不時就會看向手機。

「還好嗎？」俞海心注意到了。葉有慧只是露出禮貌的笑容。手機裡的訊息寫著：「她吃壞肚子，送急診。」

台上的投影幕放著一些新郎和新娘年輕時的照片，照片的畫質普遍不高。主持人在台上說新郎和新娘是天生一對：「我們恭喜這對新人！」葉有慧看著他們，覺得他們一點也不新。投影幕上的照片裡，葉智榮意氣風發的表情散在還未顯老態的臉蛋上。那比較像是新人的模樣。是什麼讓一個人有了變舊的感覺呢。

葉有慧又低頭看了一眼手機裡的訊息，她點開，但是沒有回覆。俞海心朝她空著一半的塑膠杯裡倒進柳橙汁，像是在稀釋關心的氛圍：

「別緊張。」她說，不想讓葉有慧有太大的壓力。葉有慧的心抽了一下，眼神有點飄移，她猶豫著該給女人什麼樣的稱謂，最後只說出：「一直以來照顧我的人生病了。」

接著換俞海心變得緊張：「很嚴重嗎？」她問。

葉有慧說：「沒關係，我可以晚一點過去。」婚禮的菜色才上了一半。她甚至還沒有習慣這件訂製洋裝穿在身上的感覺。

「那是更重要的人。」俞海心故作一心二用地轉著眼前的菜盤，讓這些話只是普通的話：「妳隨時可以先走。」她說。葉有慧再次露出禮貌的笑容。

見過一次但仍然認不出來的二姑姑和小姑姑，輪流過來跟葉有慧打招呼，智芬姑姑倒是沒有過來，她忙上忙下的，葉有慧意識到葉家的大家長除了坐在主桌的葉爺爺以外，就是智芬姑姑了。不知道葉奶奶還在嗎。這不是她會想探究的事。

一會兒後，葉有慧找了智芬姑姑去廁所的空檔，上前告訴她，自己有急事可能得先走了。智芬姑姑本來差一點要說出，什麼急事會重要於妳爸的婚禮，大家難得聚在一起。但是她想起今天沒有出席的出軌丈夫，其實她心底知道，自己拚命地想要讓某一件事情圓滿，是因為她需要「我還能對圓滿有所掌握」的確認感。

「好。」智芬姑姑輕輕呼吸了一口氣後，從手提的小包中拿出一個長夾，把裡面的三千塊遞給葉有慧，葉有慧不確定自己是否要收下，她不懂智芬姑姑的意思。「妳拿著。」智芬姑姑說：「剛剛應該沒吃飽，晚點找妳喜歡的餐廳好好吃個飯。」然後拍了拍葉有慧的手背，緩緩地說：「回去小心。」

葉有慧原本要直接去醫院，趕去的路上手機裡再次收到男人的訊息，說是女人沒有大礙，先帶她回家休息了。葉有慧到家時，女人半躺在沙發上，男人在小餐桌上留下字條，說要出去買東西。她看著字條旁冷掉的食物，鼻子前飄著微微發酸的味道。

也許那場婚禮並不需要她，不過葉有慧意識到，自己需要那場婚禮。婚禮才能夠把她帶到事實面前——每個人早就有著截然不同的人生。我在痛苦的是什麼呢。如果要的從來不是補償，那就是希望從來沒有這些裂痕吧。或是，如果避不開這些裂痕，也希望有人能理解它。痛苦不會因為被理解而消失，但是人啊，好像就能因此有了一點點力量去試著伸出手、反抓住它，把它放在可以被整理的地方。

而若沒有人前來理解，大概只能自己去打開和擦拭。她走進廚房，打開冰箱，冰箱被塞得很滿，食物看起來幾乎都過期了，但也放不進任何新的食材。就和她的冰箱一樣。

葉有慧伸手摸了摸口袋裡的鈔票。

三千塊就能好好吃飯了嗎。

08

冰箱裡的十五年

當我往前走，
我會在心裡為你留一個位置。

「不知道一九八九年的陽光跟二〇一四年的陽光，有沒有哪裡不一樣？」葉智芬站在家門前的小花圃，一手扶在腰上，一手拿著電話，帶點半開玩笑的口吻對著電話那頭的葉智榮說道。葉智芬聽見電話那頭輕微的吐氣聲，葉智榮正在抽菸。葉智芬看著遠方緩緩落下的夕陽，又說了一句：「時間過得好快呀，海心都二十五歲了。」葉智榮仍沒有說話。「有慧也是。」葉智芬說。

葉智榮皺著眉。人們有時候會以為解決了事情，情緒就會一起被解決。「美如不應該生下她的。」葉智榮說。他心裡想著，現任妻子范曉萍懷孕六個多月了，如果不能給孩子一個安穩的家，孩子真的應該生下來嗎。當初的他們是不是太魯莽了。

葉智芬深呼吸了一口氣：「美如記得你說過的，要給孩子命名為慧，智慧的慧。她會找到自己的出路的，你也是。」葉家這一輩的名字字輩是「有」。葉智榮吐了一團白煙。智慧比知識更難獲得，這是李美如想將女兒命名為「慧」的原因，她希望自己的孩子有慧。

「阿榮，」葉智芬的口吻惋惜：「你是我們家最努力的孩子啊。」

、、、

葉智榮確實是家裡最努力的孩子，小時候的半夜，只有他跟葉智敏會一起點著燈，趴在書桌前溫習功課。只因為父親說，知識可以改變命運。可惜他不是讀書的料，後來家裡只有葉智敏考上大學，葉智榮跟其他的兄弟姊妹一樣去念了五專。念五專時他認識了李美如。

剛滿十八歲的時候，一群五專的朋友要搭火車去別的縣市玩，大家約了早上八點。李美如跟葉智榮說，我們約七點半吧，想跟你吃早餐。事實上三十分鐘也無法好好地吃一頓早餐，他們倆隨意地向火車站旁的卡車攤販買了白粥和飯糰，然後李美如從錢包裡拿出一小疊紙鈔，遞給葉智榮：「我的錢放你那裡好不好。」她說。葉智榮沒有馬上接過：「為什麼？」李美如聳聳肩：「付錢的時候你一起付，比較方便嘛。」然後撒嬌地吐了吐舌頭。

葉智榮聽著覺得有道理，便伸手要去掏自己的錢包，不過還沒拿出來，就忽然像是想到什麼似的板起臉孔：「她們的男朋友是不是都在工作了？」李美如轉了一圈眼珠子，點點頭。

「所以大家都是男友付錢？」葉智榮繼續問。

「我不確定。」

「妳是怕我沒面子嗎？」

「哪有，」李美如別過頭。她確實是想幫葉智榮做面子，但不是因為害怕，而是覺得，也許葉智榮需要。那是一個直覺。李美如皺起眉頭，再次打開自己的錢包，準備將錢放回去：「不要就算了。」

葉智榮盯著李美如手上的鈔票，猶豫了幾秒鐘：「給我吧。」

李美如嘟著嘴，把錢又遞了過去：「男人真的很無聊。」

葉智榮接過鈔票。他沒有意識到自己很在乎「身為男性應該如何」的形象。保護這種形象就像在保護自尊。所以葉智榮當然不曾探問，為什麼自己會有「這個世界就是這樣」的認知。有時候為了安安穩穩而保有自尊的活，就像在湍急的溪水中用力抓住一枝樹枝，不敢將腳伸直，試著發現其實溪水很淺，或是其實，沒有了樹枝，反而才能學會更多游泳的方式。那幾張鈔票所加深的「身為男性的我應該如何」的意念，在未來葉智榮並沒有符合這樣的自我期待時，變成了他脫不下的那套高級訂製西裝。

幾個月後，李美如無預警懷孕，為了表示責任感，葉智榮毫不猶豫地說出：「我們結婚吧。」那是一九八八年，他剛滿十八歲，那年五月之後，人們的口裡都在唱張雨生的〈我的未來不是夢〉。母親知道後，塞了十萬給葉智榮，說是自己的私房錢，父親不會認這個媳婦的，你帶著錢走吧。葉智榮跟李美如搬到台北的郊區，台北機會比較多，葉智榮說：「我會給妳更好的生活，我保證。」

不過孩子還沒出生，葉智榮就已經跟李美如吵得不可開交。

那是個炎熱的夏天，租屋處的冷氣壞了，好不容易找來一個收費比較便宜的師傅，師傅看他們是年輕小夫妻，太太挺著大肚子，兩個人擠在一間舊公寓二樓的小套房裡，隨口說了一句，你老婆跟著你很辛苦欸。師傅的嘴裡嚼著檳榔。李美如在師傅一進門時，聞到濃濃的菸味混雜著檳榔味就往樓下跑，站在公寓門口吐了一地，沒有聽到這句話。

「是暫時的。」葉智榮語調冷淡。他的皮夾不厚，但是臉皮更薄。所以那天下午葉智榮跟李美如抱怨著師傅的閒言閒語時，難掩內心的焦躁。李美如只覺得他糾結在一些不重要的地方：「為什麼要這麼在意一個修冷氣師傅的臉色？你會再遇到他嗎？」

「那是因為他不會這樣看妳！」葉智榮克制不住情緒地吼了一句。李美如因為加上孕期的不適感，眼淚開始劈里啪啦地掉。她靜靜地開始收拾衣物，作勢要搬離這裡。這是第一次。

葉智榮比李美如更早打開小公寓的門，他下樓去抽菸，想著李美如為什麼不能理解自己的同時，又希望能讓李美如消氣。然後他在附近的街坊發現一間甜點店，鐵門拉下來一半，已經打烊了。葉智榮鑽進去，拜託店長賣給他一份甜點，隨便什麼都好。只剩下藍紋起司蛋糕，店長說。葉智榮以為只是普通的起司蛋糕，買了一塊回去。

「這個蛋糕的味道好奇怪噢。」後來李美如說：「但是我會吃完的，因為是你珍惜我的意思。」越初期的爭執越容易和好，但也因為越容易和好，越容易忽略應該要真誠而嚴肅地溝通的事物。可惜戀人們也容易誤會，每一次的問題都能像第一次一樣不需要深挖。問題是一個有機體，人的心會因會活過的時間而產生皺摺，於是問題在裡面繁衍出更多的問題。

在許多個藍紋起司蛋糕之後，有一天，葉智榮不再帶回藍紋起司蛋糕。未完成學業的他只找得到零工性質的工作，那天打工結束後，他看見李美如的姊姊和一個陌生男子，扶著李美如在附近的小公園散步。陌生男子應該是李美如提過的準備要跟姊姊結婚的準姊夫。小公園很安靜，隔著樹叢，他們背對背地坐在兩側的灰色石椅上。葉智榮聽到李美如的聲音說著：「我真的能相信他嗎，我好怕養不起孩子。」

信任的腐壞是比藍紋起司更嚴重的發霉。葉智榮站起身，把所有的錢領出來，收進信封，放在小套房裡的小桌子上，用藍色的原子筆留下一行字：「我答應過的，我會證明給妳看。」就離開了那個小街區。一個多月後，葉智榮帶走的鑰匙已經打不開那扇門，按下電鈴後走出來的是陌生人的面孔。所有都不見了。他再也沒有李美如的消息。

直到兩年後葉智芬告訴他，孩子找到了，但是李美如沒了。

、、、

「努力又沒有用。」葉智榮說。他的話一直都那麼少嗎，葉智芬在電話的另一頭困惑著。

葉智芬找到葉有慧的時候，葉有慧已經兩歲多。葉智芬希望這個消息能將葉智榮從意志消沉而混亂的生活中拉出，葉智榮想要去看孩子，同時又不敢前往。我會證明給妳看。白紙黑字，他向著李美如寫下的，他還沒完成。

葉智榮於是跟葉智芬借錢，搭上台灣電子商務興起的潮流，小賺了一筆，並在二〇〇五年結了第二次婚，對象是因為處理投資款項而認識的銀行專員，雖然葉智榮沒有什麼投資天賦。可惜第二次的婚姻生活仍沒有很順利，葉智榮在結婚後才坦承自己有一個女兒，希望能把她接過來一起生活，第二任妻子極力反對，因為她想要有自己的孩子：「我身體健康，不是為了幫別人養小孩！」然後二〇〇八年，金融海嘯除了把葉智榮投資的錢全數吹走，也把他的第二段婚姻吹散了。

「有錢才有用。」他又說了一句。那年若不是大姊葉智芬再次出手，以及三姊葉智琳的共同協助，恐怕連那套他最珍藏的高級訂製西裝都要變賣。

「也有些問題是因為有錢才出現的啊。」葉智芬說。她沒有告訴葉智榮丈夫出軌的事情。她是葉智榮的後盾，後盾不能有裂縫。若有了想要支撐或保護的人，就會直覺地認為，無論如何我都不能在你面前展現我的脆弱。所以葉智芬當然也沒有告訴葉智榮，網路尚未普及的年代，葉智芬曾經請徵信社跟蹤自己的丈夫。葉智芬知道自己的雙腳站在這個小花圃裡，看似安然地享受單純的日落，其實已經踩過無數羞愧的泥土。

「但是，錢能解決更多事情。」葉智榮又吐了一口白煙。他看著房間小窗戶外極窄的小陽台上，掛著的那件訂製西裝。起初他不知道西裝忌諱潮濕，發霉了好幾次，送洗的時候還怕費用比較貴。後來是洗衣店老闆跟他說，先生，西裝要通風才放得久啦。從此葉智榮都將西裝掛在陽台，雖然那個小陽台的日照時間並不多。

「錢也會生出錢不能解決的問題。」葉智芬平靜地從小花圃看向客廳，丈夫坐在客廳裡看電視，像十年前一樣。她的內心有一部分感謝著金融海嘯，丈夫因此搬回家了。只是除了感謝，也同時不確定是否要感謝。越想要佯裝成若無其事的樣子，越容易因為「需要佯裝」而感慨。

「你的問題不是錢，你的問題是你以為錢能解決一切。」葉智芬說：「阿榮啊，錢只能解決你的自尊心。」這個世界上，只有葉智芬會這麼跟葉智榮說話。葉智榮沉默地又吸了一口菸。

「可是如果我當時有錢，這些事可能就不會發生。」他的菸一口一口地抽，像是把時間吸進去，再吐出來，看起來每一次都能夠煙消雲散，事實上菸的味道早已沾滿那件掛在小陽台的西裝。在婚禮之前，每一次去見葉有慧的時候，就算提早捻了菸，也熄滅不了這些年瘀在他身上的味道。現在婚禮已經過了兩年，葉智榮常常還是會想起跟他說「往前去過你自己的人生吧」的葉有慧。人生的其中一大僵局是，回不去，又不知道該怎麼繼續下去。

、、、

那次是葉有慧主動約了葉智榮，在婚禮後沒多久，說是要拿東西給他。找不到理由見一個人的時候，就送他一個無關緊要的東西。孰輕孰重，各自有數。他們約在第一次見面的小公園裡。是一個舒服的初秋，風把樹葉吹得颯颯作響。葉有慧坐在淺灰色的石椅上，可能是平日中午的關係，小沙池裡沒有人，彩色溜滑梯也沒有人。葉智榮走過來，他看見葉有慧背著小包包，旁邊是之前裝雞湯的鍋子，已經洗乾淨了，和一個食物的外帶紙碗裝在一個塑膠袋裡，應該是她的午餐。

「新婚愉快。」葉有慧一看見他後便說：「抱歉那天有事先走了。」泰然自若的語氣讓葉智榮有點捉摸不透。

「沒關係。」葉智榮說。

「我不會再對你生氣了。」葉有慧說，眼神淡淡地看著前方。

葉智榮沒有說話。

「你沒有為自己的錯誤負責。」葉有慧看了他一眼：「還不算是一個大人。」口吻不同於小時候偷原子筆時女人的反應，但是一樣平靜。葉智榮皺著眉，葉有慧發現無論看幾次他皺眉的表情，他都是一個陌生的人。

「想要給一個人更好的生活，是一種錯嗎？」葉智榮在葉有慧身邊坐下，看向小公園裡綠油油的樹葉。

「你的錯是你生下我，但不要我。」但不要我。葉有慧的語氣維持著淡然。

這是為什麼葉有慧不能跟戴恩做愛，會不會做了他就不要她了；這是為什麼她不能跟學姊說我喜歡妳，會不會說了學姊就不要她了。這是為什麼，葉有慧不能擁有任何一段長期關係，她害怕別人擁有她，但不要她。葉有慧原本有一顆願意為了喜歡的人去偷原子筆的心。可是女人曾說，錯誤的事情會把好的心意變不見。那如果她就是錯誤本身呢。

如果愛不是一件錯的事，為什麼感受到它的存在的時候，心會酸澀地顫抖。

「我只是不想要妳過跟我一樣的生活。」葉智榮說。

「你也是那個溜滑梯啊。」葉有慧看了葉智榮一眼，再看向那個彩色溜滑梯：「你知道嗎，我一直很想要知道，那個我沒有經歷過的人生裡的我，是不是比較快樂。但是我永遠都不會知道，所以我很痛苦。」還好是初秋，葉有慧心裡想著，身子不黏膩，微微的風吹過他們之間的時候，有些東西可以因此被捨下。葉智榮也盯著彩色溜滑梯。

「你吃飯了嗎？」葉有慧問。

葉智榮搖搖頭。

「這個給你。」葉有慧邊說邊將身旁的袋子遞給葉智榮：「這是奶油燻鮭魚義大利麵。」葉智榮接過袋子，葉有慧把洗好的鍋子往葉智榮的方向推：「不用再給我雞湯了。」

當我往前走，我會在心裡為你留一個位置。

葉有慧沒有說出口。無關乎你會不會，這是我決定的事。因為時間過去了，我和你身上都已經有了不同的人生。生命如此擁擠，只能活出一種選擇，愛卻如此寬廣，讓人的尖銳和柔軟都有了去處。如果深陷其中，一定是不小心而已。

這次的談話裡沒有任何關於死亡的句子。但是葉智榮想不透，為什麼談論活著而不能快樂的原因，竟比死亡更悲傷，心卻會熱熱的。是因為分開後，葉有慧傳來的那封簡訊嗎：「往前去過你自己的人生吧。」

見過葉智榮後，葉有慧也約了智芬姑姑。她把三千元裝在一個信封袋裡：「智芬姑姑，」葉有慧第一次真心地喊出了「姑姑」兩個字：

「謝謝妳，但是太多了。」她說。就像她的冰箱。原來衣櫃不是她該關注的隱喻，而是冰箱。冰箱才是葉有慧的心。有些東西忘了是誰放進去的，但是如果要清理，就要自己拿出來。冰箱裡也沒有永遠。

跟他們道別的時候，葉有慧都有意識地摸著自己的胸口，深呼吸的時候會有起伏。像小時候摸著自己的腹部。**長大真的悶悶痛痛的。**

、、、

「下好多天的雨了，今天終於出太陽。」女人邊說邊打開頂樓厚重的鐵門，手裡拿著一籃衣物，葉有慧提著一籃被單和床單跟在後面。

「小時候妳就很喜歡太陽的味道。」女人補充。

「我有嗎？」葉有慧板著臉：「太陽其實沒有味道欸。」頂樓有些凌亂，這棟公寓的人們都會上來曬衣服，不過因為前陣子都在下雨，現在沒有別人家的衣物，曬衣桿也被收起來了。女人放下手中的籃子，走向角落去拿曬衣桿，一邊說：「被子曬過之後不是會有一個熱熱的味道嗎？」

葉有慧自然地也放下手上的籃子，走上前去協助女人將曬衣桿架起來：「那是塵蟎曬到太陽燒焦的味道。」她說。

「是喔？」女人挑了挑眉：「那塵蟎就死掉了欸。」葉有慧露出淡淡的笑容，沒有再答話。兩個人各自曬起籃子裡的衣物。其實雨一定會再來的，但是趁晴朗的天氣把這些曬乾、整理也不算白費。像是理解了某種永恆，於是對於曝曬的過程不厭其煩。

忽然女人聽到滋滋的聲響從葉有慧的口袋傳來：「妳電話響了。」她說。葉有慧正把手上的一大片被單掛上曬衣桿。她將手伸進口袋，然後接起電話：「喂？」沒有停止手邊的動作。「今天晚上嗎，喔，我沒辦法欸。」葉有慧一手握著手機，一手拉著被單，試圖單手將被單拉得整齊：「我要跟我媽吃晚餐。」她說。

女人原本拿著衣架的手沒有懸在空中太久。她聽到了。她想保持鎮定。她站在曬衣桿的另外一側，看了葉有慧一眼。葉有慧也看向她，做了一個「過來」的手勢，然後指了指疊在一起拉不開的濕被單，她用唇型帶著氣音說：「幫我拉一下。」

女人沒有點頭，只是自然地伸手去拉住被單的另外一角。一人一邊，兩人一起施力，發皺的被單仍然濕潤有皺摺，但也終於攤開，在舒服的陽光下曬著。

09

可能
我還是
會傷心

「那要不要交換？」

「不要。」

一月初的台灣氣溫穩定地維持在二十度左右。可以吃冰淇淋。

葉有慧站在浴室的鏡子前，認真化著妝。她的手機裡沒有播放任何音樂，安靜的時刻能夠聽見自己的心跳聲，成為了新的安全感。靜謐的冬末已經藏著開始。

衣櫃裡那些高級的紙袋都不見了，昂貴衣服與廉價衣服掛在一起，沒有標價的時候它們就沒有界限。有幾件原本在紙袋裡的已經離開她的房間。幾週前，葉有慧把不適合自己、幾乎不會穿到的款式拿去市區的公益基金會捐掉。基金會的人問她：「小姐，這個都沒剪牌耶，妳是不是拿錯了？」葉有慧露出真誠的笑容：「沒有拿錯，我真的不需要了。」

除了衣櫃，小客廳明顯被整理過，多出好幾個大大小小的紙箱，裡面放著雜物，所以當嚕嚕米的吐司機跳起吐司時，葉有慧能快速地小跑步到廚房，雖然需要稍微繞過紙箱，但腳下不會再踩上任何雜物。新生活不一定會更好，也不一定真的存在，可能只是從某一個視角觀看自己的人生時會比以前清楚一點點。清楚的路確實需要費一點力。現在葉有慧的冰箱裡除了一罐果醬和喝到一半的牛奶之外，沒有任何食物。也沒有高級奶油。

、、、

上個星期，葉有慧收到俞海心傳來的簡訊，說想要約她。葉有慧沒有拒絕，她對俞海心的印象打從一開始就很好，儘管她們在網路的社群上並不是好友關係。

在這個虛實交雜的世界裡，好友、親人，好像都不是。沒有人主動問對方，欸，要不要加一下好友。大概彼此心底都清楚，她們是不同世界的人。如果她們看到了在社群上的彼此，也許此刻就無法有這樣的親近感。

比如葉有慧並不知道俞海心前幾天才剛去吃了一家下午茶店，所以能自在地跟她約在自己選的咖啡店，她一見到俞海心時，那句：「嗨，海心姊姊！」單純而毫無芥蒂。她無須刻意避開或創造某種重疊去證明自己是誰。

她們坐在窗邊的位置。這是近十年前，女人將生父生母的名字寫在便條紙上，放進葉有慧的書包的那個下午，她們坐的位置。咖啡店還在這裡，喜歡吃手工冰淇淋的人也還在這裡，雖然沒有人知道是不是同一批人。葉有慧也不是同一個她了。

「妳推薦什麼？」俞海心問葉有慧。

「香草冰淇淋。」葉有慧說。這是最普通的冰淇淋。

「那……」俞海心想了想：「我喜歡薄荷，我選薄荷巧克力好了，然後再一球香草。」她說。葉有慧說：「我要兩球香草的。」

坐下後，俞海心的第一句話是：「欸，那個婚禮的邀請卡其實是我直接丟到妳的信箱的。」口吻跟「我喜歡薄荷」一樣自然。葉有慧愣了愣，她一直都沒有去注意邀請卡有沒有郵戳。有些細節會被放在心裡，有些會被時間代謝掉。俞海心沒有再說更多了。這次她想保護的不是誰的自尊心，而是一段雖然不會再更深，但也捨不得出現傷口的關係。有些關係大概就是因為太淺了，才不會有深刻的傷口吧。

「妳去過那裡呀。」葉有慧有點害臊。那是一條凌亂的巷子。

俞海心點點頭：「我以為邀請卡是多寄來的，但不是。」所以妳也不是多出來的哦。這句肉麻的話俞海心沒有說，她眼神真摯地看著葉有慧。葉有慧稍微地避開俞海心的眼神，挖了一口冰淇淋。

「海心姊姊，妳想要成為什麼樣的人啊？」她問。

「嗯……這個我要想一想。」俞海心說：「妳呢？」

「不知道。」葉有慧聳聳肩：「我也還在想。」冰淇淋在她的嘴巴裡融化。「我媽很喜歡吃這家的手工冰淇淋。」葉有慧說。

「妳的媽媽叫什麼名字呀？」俞海心問。

「李美珍。」

「好美的名字。」俞海心說。

葉有慧的嘴角漾起淡淡的笑容，又吃了一口。

「咦，這個冰淇淋有草莓牙膏的味道。」然後忽然露出故作嚴肅的表情。

「那要不要交換？」俞海心說。

「不要。」葉有慧搖搖頭，低頭再挖了一口冰淇淋放進嘴裡。

吃到跟想像中不一樣的味道。

可能我還是會傷心，但是我不要跟別人交換。

應該往前走 這不是誰的錯
當時的記憶 我都沒忘記

日記裡是你 夢境裡也是你
遙遠卻熟悉 那背影應該是你

你就快樂的飛吧
你就安心的走吧
反正說過的不虛假
反正沒說的都沒差

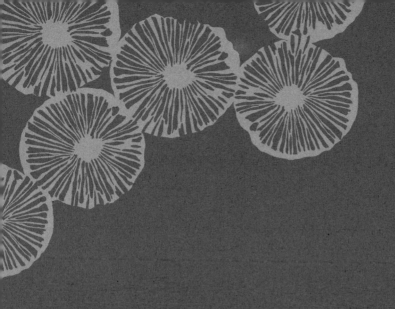

你就無謂的哭吧
你就大膽的活吧
天塌下來不替你扛
因為你有你的嚮往
我有我的倔強

曾熱愛奔馳 曾無法被馴服
破洞的毛衣 縫補過的痕跡
幼稚的話題 百分之百真心
所以不問你 為何直接放棄

——擁有但不屬於

後記

二〇一五年八月，跟Spring和副總編輯微宣簽完我的第一份出版合約後沒多久，我們約在一個咖啡廳討論第一本書的書稿。那時候Spring問我，妳有想成為什麼樣的作者嗎。我大言不慚地說，嗯……張愛玲吧。她問我為什麼，我說，因為她寫的東西是文學。Spring和微宣又問我，那妳覺得什麼是文學。我說不出來，然後我們三個就坐在那裡討論什麼是文學，討論了一個晚上。

實際聊了什麼我已經忘記了，只記得離開時她們告訴我，也許文學沒有我們想像的那麼明確，也許無形之間，我們每個人就都寫出了文學作品。我聽不懂，只感覺到自己一心想要擠進那兩個字，好像那樣才符合能夠出書、能夠成為像張愛玲這樣的作者的標準。當時小小的我才剛滿二十三歲。

後來，有長長一陣子我很容易遇到評議，多數是在說，這種文字也能暢銷，這根本不是文學，之類之類。可能是為了淡化被評議的感覺，我轉而想著，好唄，也許我寫的真的不是（畢竟我確實沒有文學院的求學背景），那什麼才是文學啊。我不知道。一邊困惑也一邊一直走在「繼續寫著下一本書」的路上。

去年某天，Spring 傳給我一個王小棣老師在談ＩＰ轉換的採訪，小棣老師在採訪中說道：「作家下筆自由，文本的想像也相對豐富。但把文字轉化成視覺，要怎麼拍，考慮層面就複雜許多。本來文字與影像這兩條路上，我們彼此相望，會有不一樣的視角，若為了影視而影響作家，反而限縮了他的視角，那就太可惜了。讓作家寫好他的書，是更重要的事。」小棣老師呼籲年輕作家：「不管用什麼方式創作，請真的往文學最高點去努力與追求，不要趨附流俗。」

這是多年後我才又被「文學」兩個字勾住。這些年總覺得，文學是一個精緻的甜點店，而我是坐在門口吃滷味（小辣）的小女生。小棣老師的這席話給了迫切地想要擁有影視化機會的我重要提點，我不知道文學的最高點是什麼，只知道在寫的時候，我下筆時必須以我有感的故事為最優先，我寫出的句子必須是自己最最喜歡的。那是我每一日、每一日創作的至高點。

其實後來我的內心會害怕刻意地把「文學」兩個字拉出來大聲定義的人，每個人提出的觀點都是憧憬，就和五、六年前那天晚上的我一樣。我害怕文學太崇高、不可褻瀆，因為我不是那樣的人。每當我的文字可能因為深度或廣度不夠而被評議時，我總會想，無論如何我還是只能寫出那個階段的我能寫的、想寫的東西吧。我可以被討論，但我不能欺騙自己。而當所有人都想要有所不同時，刻意的獨特是不是也等於媚俗了呢。我不知道。

今天在開會時，我們討論著二〇〇〇到二〇二〇這二十年間大家的共同記憶，我忽然間想起自己景仰張愛玲的原因，比起我並沒有真實體會過的悲涼、或是我仍無法定義的文學性，最根本的是因為，她的文字伏貼著她活過的時代。當我誠實地寫我能寫、想寫的事物時，原來我也慢慢地成為了自己嚮往的寫者了嗎。看著會議裡簡單的簡報，我的心無比悸動。當然，我和愛玲姊姊還差很遠很遠，所以我也不以她作為和自己的比較，而是一種叮嚀，我也要寫我活過的時間和場域，也所以，我不會成為她，我會成為張西。我就是張西。

於是很高興，《葉有慧》從一個簡單又複雜的問題「我是誰」開始探問，這是無論我們的父母是誰，都會踏上的旅程，進而對於自己的人際、喜歡的心意或只是去過的地方進行撫摸，無形間就摸到了時代裡一部分、細小的紋理。我知道這還不是最好的故事，但是我想，我永遠也不會寫出最好的故事，所以我只要求自己，每一次比上一次再更努力一點點、更進步一點點，小小的我大概只能以此珍惜手心裡握著的幸福和幸運了。

最後，這本書有著很多親人和好朋友的陪伴，謝謝許多朋友常常在半夜被我打擾，每次卡住的時候，是他們做我的小桌燈。這本書也集結了許多人的智慧和心血，謝謝二次合作的莊謹銘設計師，讓《葉有慧》有了更明確的視覺想像，也謝謝整個三采出版社這些年一直是這麼疼愛著莽撞任性的我，這本書中間曾經打掉重練、有過無數次寫稿溺水期，團隊們都不厭其煩地和我討論，陪著我釐清盲點並給予我具體的重要提點。

尤其感謝去年年底身分轉為經紀人的Spring、這一次新合作的副總編輯曉雯、以及團隊裡令人安心的小單和細心的Darcy。他們每一個人都比我還要資深和專業，謝謝是這樣的團隊做我的後盾，讓我能保有創作中最大的快樂與自由，同時讓我有能量承受其中巨大的孤獨。

這是我的第二本長篇小說，在寫的時候一直想起自己在成長歷程中經常冒出的念頭：「好想要有慧，就算只有像一片葉子那麼小也好。」所以，想將這本書獻給我親愛的三個妹妹，相信我們成長時有所重疊的部分，都有著有慧的瞬間。有慧不一定就能擁有無瑕的人生，但是沒關係，生命累積出有瑕疵的彼此，那是我愛妳的樣子。

可能是這樣吧，當懂得對著混沌的世界指認自己害怕直視的事情時，也就直視了傷口和幸福，它們摻雜在一起。我想要這麼活著，我想要體會無法分割的它們，所以我會繼續這麼寫著、繼續指認、繼續把我那顆淺淺的心浸泡在深深的人群裡，讓各種感受有機地發生。因為現在的我相信，用心活著就參與了文化和時代，用心寫下活過的感覺就參與了文學。現在的我喜歡這麼活著。

寫於《葉有慧》新書會議之後　張西 2021.03

國家圖書館出版品預行編目資料

葉有慧 / 張西作 . -- 初版 . -- 臺北市 : 三采文化股份有限公司,
2021.04
面 ; 公分 . -- (愛寫 ; 47)
ISBN 978-957-658-521-0(平裝)

863.57 110003363

suncolor
三采文化集團

愛寫 47

葉有慧

作者|張西
曲名〈擁有但不屬於〉 詞曲|張西、胡家誠
副總編輯|王曉雯 執行編輯|黃迺淳 文字編輯|徐敬雅
美術主編|藍秀婷 封面設計|莊謹銘 內頁版型|高郁雯
專案經理|張育珊 行銷企劃|周傳雅
內頁編排|陳佩君 校對|聞若婷

發行人| 張輝明 總編輯| 曾雅青 發行所| 三采文化股份有限公司
地址| 台北市內湖區瑞光路 513 巷 33 號 8 樓
傳訊| TEL:8797-1234 FAX:8797-1688 網址| www.suncolor.com.tw
郵政劃撥| 帳號：14319060 戶名：三采文化股份有限公司
本版發行| 2021 年 4 月 29 日 定價| NT$380